U0115258

文學研究叢書・戲曲研究叢刊

民國時期曲學文獻整理研究

陳美雪　著

圖版

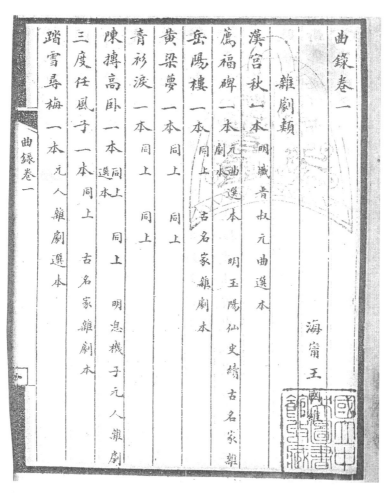

圖一　王國維《曲錄》序（二卷本）

（民國十年海寧陳氏影印巾箱本）

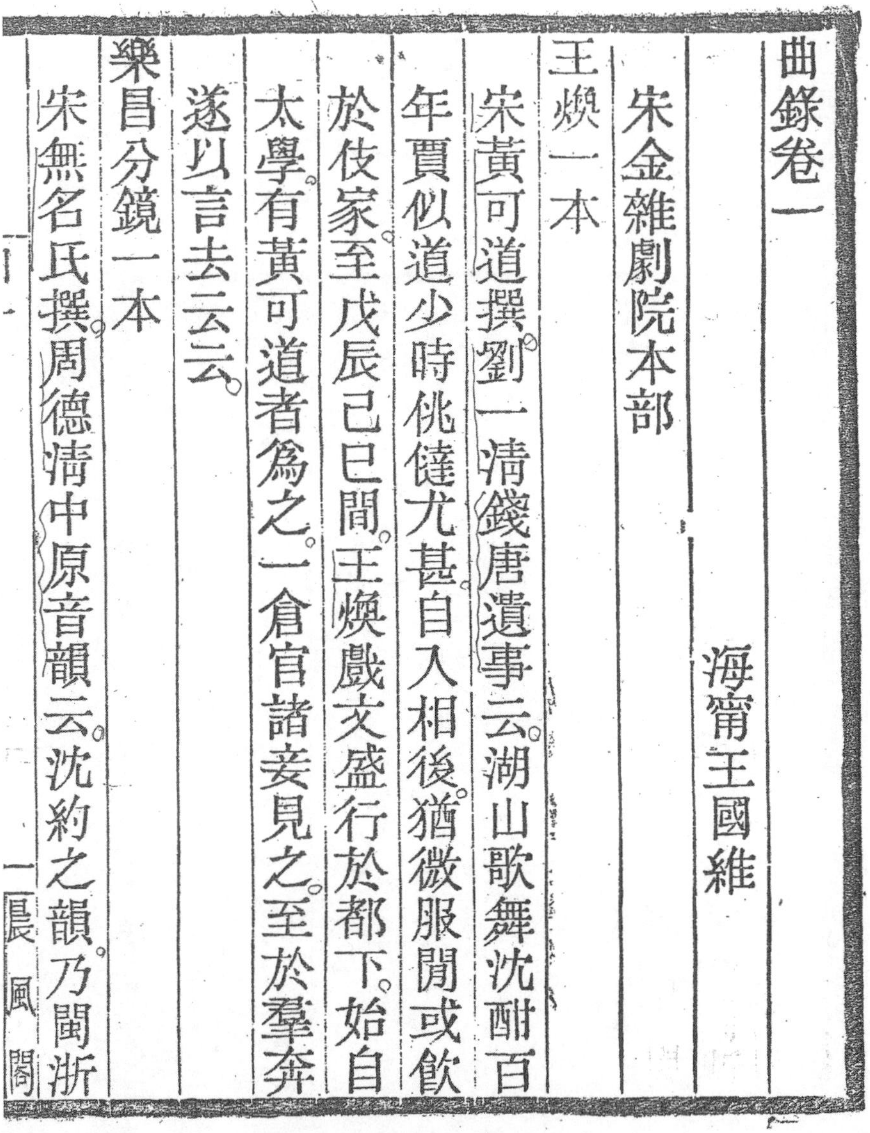

曲錄卷一　　　　海甯王國維

宋金雜劇院本部

王煥一本

宋黃可道撰劉一清錢唐遺事云湖山歌舞沈酣百
年賈似道少時佻儻尤甚自入相後猶微服閒或飲
於伎家至戊辰己巳間王煥戲文盛行於都下始自
太學有黃可道者爲之一倉官諸妾見之至於羣奔
遂以言去云云。

樂昌分鏡一本

宋無名氏撰周德清中原音韻云沈約之韻乃閩浙

晨風閣

圖二　王國維《曲錄》六卷本

（清宣統元年（1909）晨風閣叢書本）

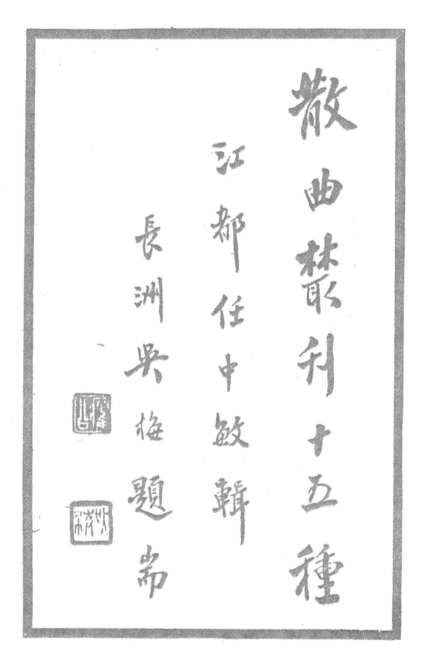

圖三　任中敏《散曲叢刊》（上海市：中華書局，民國二十年）

圖四　鄭振鐸《孤本元明雜劇》
（長沙市：商務印書館，民國三十年排印本）

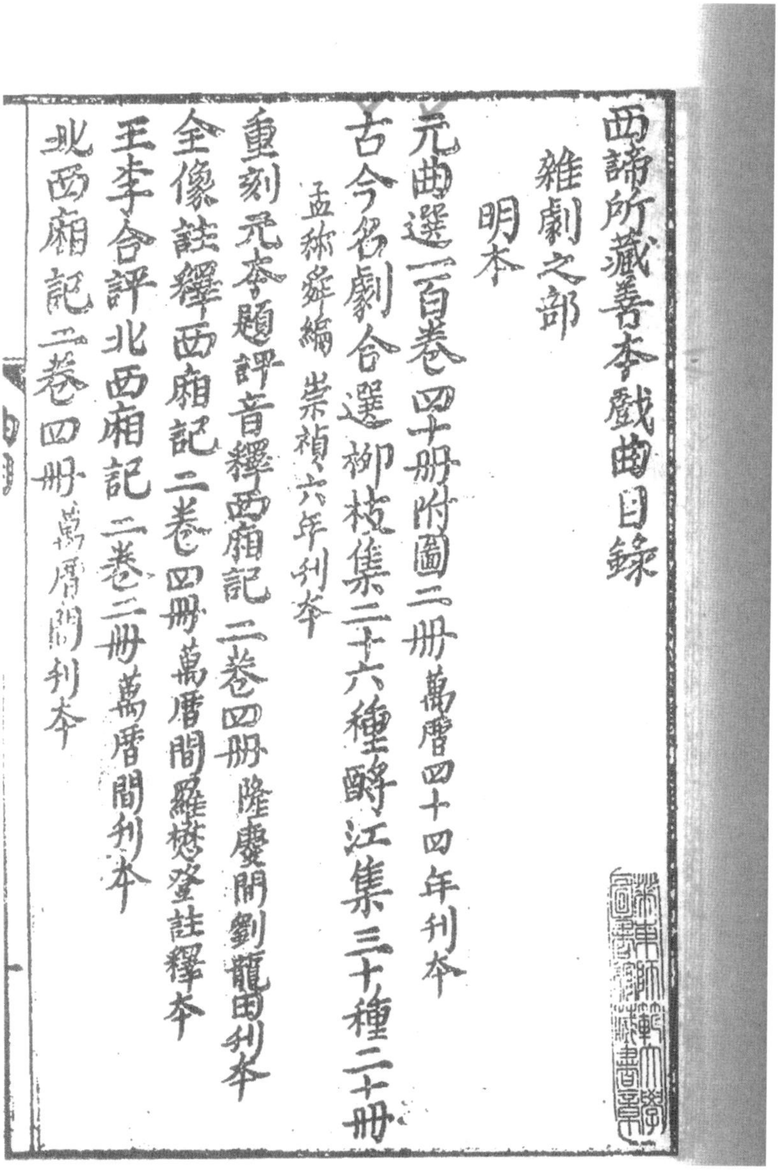

西諦所藏善本戲曲目錄

雜劇之部

　明本

元曲選一百卷四十冊附圖二冊萬曆四十四年刊本

古今名劇合選柳枝集二十六種酹江集三十種二十冊

　　孟稱舜編　崇禎六年刊本

重刻元本題評音釋西廂記二卷四冊隆慶間劉龍田刊本

全像註釋西廂記二卷四冊萬曆間羅懋登註釋本

王李合評北西廂記二卷二冊萬曆間刊本

北西廂記二卷四冊萬曆間刊本

西諦所藏善本戲曲目錄

圖五　鄭振鐸《西諦所藏善本戲曲目錄》

（民國年間來青閣書莊藍印本）

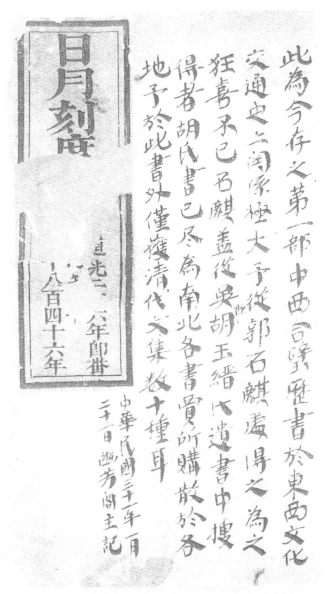

四　《日月刻度通書》題跋手迹

此為今存之第一部中西合璧歷書於東西文
交通史上關係極大予從郭石麒處得之為之
狂喜予已召麒蓋從吳胡玉縉氏遺書中搜
得者胡氏書已盡為南北各書賈所購散於各
地予於此書外僅獲清代文集數十種耳

日月刻度

道光二十六年郎番
一八百四十六年

中華民國三十一年一月
二十日幽芳閣主記

圖六　鄭振鐸手書題跋（採自《西諦書跋》

（北京市：文物出版社，1998年），卷首書跋。

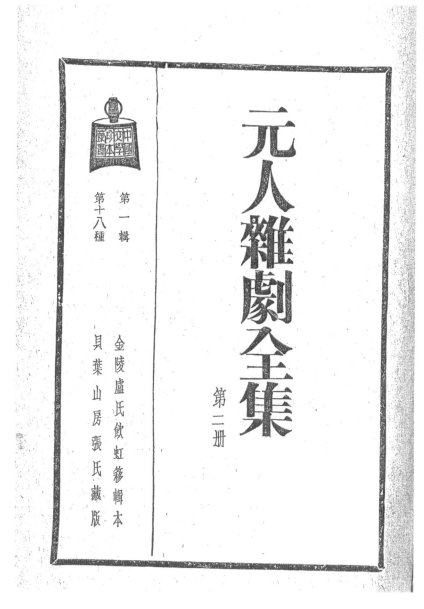

圖七　盧前編《元人雜劇全集》
（金陵盧氏飲虹簃輯本，貝葉山房張氏藏版）

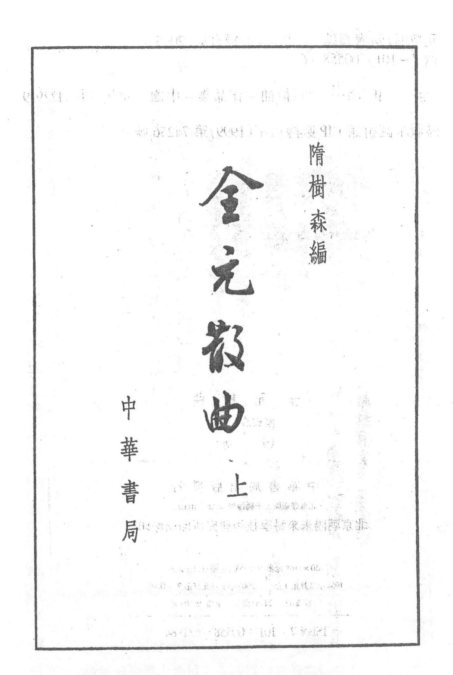

圖八　隋樹森編《全元散曲》（北京市：中華書局，1964年）

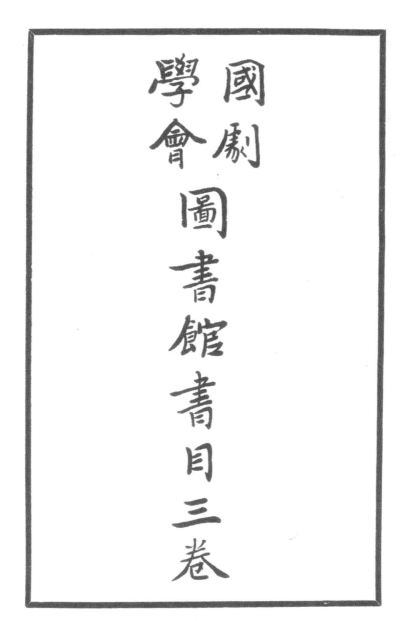

圖九　傅惜華編《國劇學會圖書館書目》三卷
（北平國劇學會，民國二十四年）

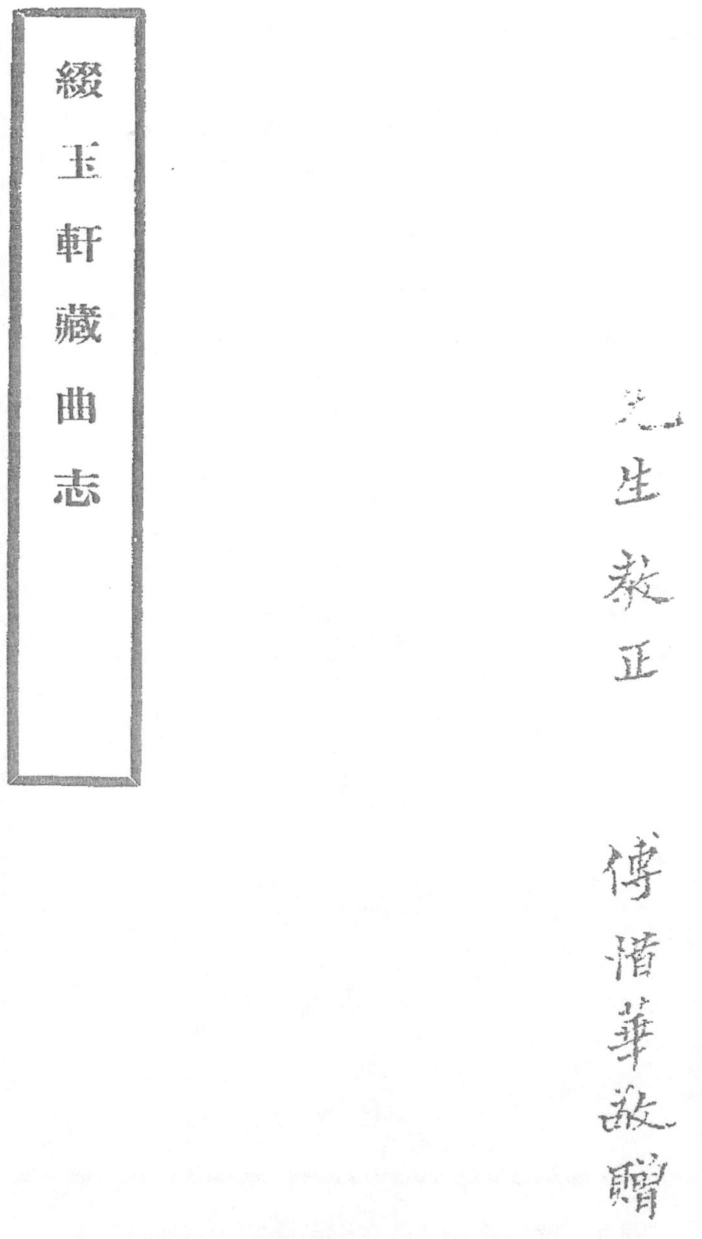

先生教正

傅惜華敬贈

綴玉軒藏曲志

圖十　傅惜華編《綴玉軒藏曲志》（民國二十三年排印本）（一）

自序

　　自從寫完升等論文《湯顯祖的戲曲藝術》後，就一直在思考，戲曲的研究除了文本分析外，還能做什麼研究？藉由編目錄來呈現各時代戲曲研究的特色、考定一個曲本的版本源流及其與時代的關係，這種戲曲文獻整理的工作，是否也是一個值得努力的方向？於是便開始注意到民國時期的曲學文獻整理家，他們花費相當多的心力在這方面，但很少人被重視。

　　二〇〇五年六月在世新大學的「教師學術研討會」中，筆者發表了〈任中敏整理散曲文獻的成就〉，發覺他孜孜矻矻地把元散曲的遺文從各種典籍中輯錄出來，編成《散曲叢刊》，精神令人感佩。接著筆者又陸續在世新大學每年所舉辦的「兩岸韻文學學術研討會」中提出論文。二〇一〇年發表了〈盧前整理曲學文獻的成就〉，盧前他盡心盡力地去校輯元人散曲集，編成《飲虹簃所刻曲》，又自掏腰包編成《元人雜劇全集》，雖沒有達到預期的效果，但是他對戲曲文獻的堅持，所花費的人力物力，仍令人感動。二〇一二年筆者發表〈隋樹森元散曲研究述評〉，隋樹森他編《全元散曲》，樹立新的體例，每一作家後有小傳，每一曲子後有校勘記，成為後人編纂總集體例的典範。

　　另外還有王國維、鄭振鐸、傅惜華、趙景深、錢南揚等曲學文獻家。王國維的《曲錄》出版於宣統元年（1909），嚴格來說不能算是民國時期的著作。但是該書收錄八千三百多種曲目，是當時最完備的

一本戲曲目錄書,對民國時期的學者影響甚深,所以將《曲錄》列入民國時期來討論。至於鄭振鐸,他蒐羅校勘元明清時代的劇本,有《西諦所藏善本戲曲目錄》,但他最重要的貢獻是主編《古本戲曲叢刊》。而傅惜華最特出的貢獻,是撰寫《續修四庫全書總目提要》(戲曲類)的提要,並於新中國成立後出版《中國古典戲曲總錄》,是有史以來最龐大的戲曲書目。另外,趙景深、錢南揚他們的成就雖高,但大多出版於新中國成立以後,故未列入討論。

曲學文獻整理的方向有很多,嚴格來說可分為兩大類。一類是曲本的整理,包括句讀、校勘、校注、選注、輯佚;另一類是編輯工具書,包括編輯曲學書目、編輯叢書、編輯資料彙編、編輯傳記資料。一個文獻學家最多只能擅長其中兩三個整理方向,本書討論的六個文獻整理家,王國維、傅惜華擅長編書目,任中敏、鄭振鐸、盧前擅長編叢書,隋樹森擅長編總集,本書就他們擅長的方面做深入討論,並檢討其得失,以供讀者參考。

筆者於二〇一三年向學校申請升等免授課核准後,原定於隔年繳交論文。沒想到外子接二連三生病住院,本應該在圖書館埋首寫論文的時日,卻因照顧病人,而在醫院中度過。休假半年後接著又開始上課,就沒有完整的時間可以寫論文,眼看明年就要退休了,再不加緊腳步完成工作,實在辜負學校的美意,於是就想把以前發表過的文章集結成書。但在撰寫時發現,需要再補充一兩個章節,傅惜華的部分需要改寫,鄭振鐸也必須補寫加入。這段論文寫作期間,感謝曾師永義給我很多寶貴的意見,讓我能夠有靈感持續寫下去。當然被波及到的還有身邊人——外子林慶彰,以他對文獻學的豐富知識引導我,並且鼓勵督促我,實是論文能夠完成的背後推動者。

　　筆者學殖有限，加上時間匆促，錯誤在所難免，祈海內外賢達，
多賜予指教。

陳美雪

二〇一七年九月誌於磺溪街知魚軒

目次

第一章
導言

第一節　曲學文獻與學術研究

　　所謂曲有兩大類：一類是散曲，包括小令、套數等；另一類是戲曲，包括雜劇、傳奇等劇種。而這些散曲和戲曲的文獻，稱為曲學文獻。不論是散曲或戲曲，當時都被看成是市井小民茶餘飯後的談資而已，本身還談不上是一種學問，更無法稱為一種「學」。可是民國以來，由於著名學者的加入提倡，從文獻整理所得到的戲曲資料，加上學者在大學開戲曲的課程，慢慢地戲曲的地位也日漸高起來。把研究散曲和戲曲的學問稱為曲學，散曲學、戲曲學也就不再尷尬了。

　　曲學文獻整理的範圍有多大呢？並不是一切曲學的研究，都可稱為曲學文獻的整理。王國維編纂的《曲錄》是文獻整理的書，大家並不會反對，但如果說王國維的《宋元戲曲史》是文獻整理的書，大家就有意見了。為什麼？我們都知道文獻整理是學術研究的基礎工作，要到什麼地步才不能稱為文獻整理？要釐清這個問題，並不是那麼容易的事情。在做學術研究的過程中，一面開始蒐集資料，資料收集好了，就開始閱讀，並做筆記，開始研究工作。在研究的過程中，發現某問題是以前所沒有注意到的，於是又開始文獻蒐集的工作，所以在研究過程中，也有蒐集整理文獻的工作，所以我們不能把文獻整理與學術研究一刀切成兩段，這樣不但與事實不合，也減低了研究的樂趣。

　　從事文獻整理的學者，固不必特別強調文獻整理對學術研究有多重要，因為有的學問工作也是不必找資料的。例如純粹作文本研究的

新批評，他們是不管文本以外的事情的。那麼，在他們的面前強調文獻蒐集的重要，他們聽得進去嗎？但這僅是一個特殊的例子，可以不必太在意。

散曲和戲曲本就被視為是末道小技，很少人肯費心在它們的收集保存上。因為這樣，產生了兩種後遺症，一是無名氏作品多，因為許多文人怕被人看輕，即使有創作也不敢寫上自己的名字。二是亡佚作品多，散曲和傳奇既被視為小道，就不像經典那麼受重視，所以許多劇本也隨意被丟棄，不久就亡佚了，像是宋代雜劇有三千多種劇目，亡佚到一本也沒流傳下來。也因為曲學文獻亡佚很多，民國以來文人學者也加入文獻整理的工作，曲學的地位便逐漸高起來。在民國初年，如果有任何曲學的新資料出現，都被視為學術界的一件大事。因為新發現的資料，一定可以補戲曲史文獻的不足。如果曲學文獻遭到遺失或破壞，有人會如喪考妣、痛心搥胸。民國二十一年（1932）日軍轟炸上海時，涵芬樓的珍貴收藏付之一炬，就是最令人難過的事。可見曲學文獻的多寡關乎學術研究的興衰，能保存、又能整理的人，必然會受到學術圈的尊重和敬佩。

第二節　曲學文獻整理的幾個面向

近百年來，戲曲的研究都只注意到文本的校勘、註解，以及情節的分析等等，很少注意到資料是如何蒐集來的。要研究就必先整理資料，整理的方法如何，整理者有何貢獻，都很少有學者去探討。然而近十幾年來有幾本針對文獻整理的重要的著作出現，如：吳尚儒的碩士論文《傅惜華古典戲曲整理之研究》、倪莉的博士論文《中國古代戲曲目錄研究綜論》、苗懷明的《二十世紀戲曲文獻學述略》、王瑜瑜著《中國古代戲曲目錄研究》（北京市：人民文學出版社，2013年6

月）、李占鵬著《二十世紀發現戲曲文獻及其整理研究論著綜錄》（北京市：人民出版社，2013年2月），這些都代表著曲學文獻整理開始受到學者的重視，曲學文獻整理家也將不再寂寞。

一　曲本的整理

曲本是古代遺留下來的文獻，在元明清時期是靠傳鈔來流傳，資料也都是私人收藏，很難有完善的保護方法，所以許多曲本大都亡佚。從元代開始，就有人整理戲曲文獻，但並不是大規模的整理，到民國時期整理工作才真正發展起來。現在根據歷代整理劇本的方法，大概可以歸納出以下十多點：

（一）句讀

古書的句讀和現代的標點相近，都是為了方便閱讀。古代的戲曲作品最初並沒有句讀，為了閱讀上的便利性，才加上句讀。這些句讀大多是出版商請儒生加上去，然後印出來，另一種則是讀者自己一面閱讀一面加上句讀。古書因為重新排版，句讀都改為新式標點，僅有句讀的書已經很難在市面上看到，毛晉所編的《六十種曲》，開明書店印本就還以圈圈作為句讀。至於臧懋循所編的《元曲選》，隋樹森在校點時則完全使用新式標點。

（二）校勘

古書多半以傳鈔流傳，經傳鈔幾次以後，誤字、脫字、衍文都會出現，所以必須要校勘才不會誤導讀者，民國時期曲學文獻整理家在校勘上花費了不少功夫，研究成果也相當豐碩。如盧前編校《梨園按試按樂府新聲》、《樂府群珠》、《朝野新聲太平樂府》，各書上都署名

「盧前校」，以上三書皆由商務印書館出版。他在編《飲虹簃所刻曲》時，大都親自校對，如《中州樂府音韻類編》、《雲莊張文忠公休居自適小樂府》都附有校記。隋樹森在校訂九卷本《陽春白雪》時，書後也附有校訂後記。散曲選集《朝野新聲太平樂府》、《梨園按試樂府新聲》、《類聚名賢樂府群玉》，都署名隋樹森校訂，三書則皆由中華書局出版。而《中國古典戲曲論著集成》在整理這些論著時，都有篇幅很長的校勘記。

（三）校注

校勘前面已說過，注就是注解。因為戲曲來自民間，各地的劇本都夾雜有各地的方言，沒有做注解不容易理解。另有一種情況是元明時代的雜劇劇本，往往夾雜蒙古語，若不注解便無法理解。[1]校注劇本的著作越來越多，茲舉幾本以觀之。如藍立蓂的《劉知遠諸宮調校注》，和錢南揚的《永樂大典戲文三種校注》、《元本琵琶記校注》、《南柯夢記校注》，以及王文才的《白樸戲曲集校注》。

（四）作品選注

許多戲曲作品因為過於冗長，所以學者選取其中精彩的部分，或是選擇一出或一折來演出的折子戲，編輯成書，最明顯的例子就是錢德蒼編的《綴白裘》。另外，傅傲編選、郭雲龍校訂的《中國歷代戲曲選》，顧學頡編注的《元人雜劇選》[2]以及劉烈茂等整理的《車王府曲本選》都是。上海古籍出版社曾出版《中國古典文學作品選讀》，

---

1 有關元明雜劇蒙古語的研究，參見方齡貴：《元明戲曲中的蒙古語》（上海市：漢語大辭典出版社，1991年10月）

2 臺灣粹文堂翻印時，將作者改為「本社編輯」，書名改作《元人雜劇選注》。此書為顧學頡編著，書名原作《元人雜劇選》（北京市：人民文學出版社，1986年5月）

其中有胡忌編選的《元代戲曲選注》、和馮金起編選的《明代戲曲選注》，由於這套書的版本輕薄短小，所以很受歡迎。

（五）輯佚

許多曲本因為社會動亂的緣故，加上不受人重視，因此大多亡佚。有些遺文為其他典籍所引用，把這些引用的遺文收集起來，也可以看出劇本的大概，所以輯佚對曲學研究者來講，也是很重要的整理方法。元代散曲集大都已亡佚，盧前利用多種元散曲選集，把遺文輯出來，他所編的《飲虹簃所刻曲》就是用這種方法編輯出來的。輯佚的工作以錢南揚的成果最豐富，他是宋元南戲的專家，輯有《宋元南戲百一錄》[3]、《宋元戲文輯佚》、《漢上宧文存》、《梁祝戲劇輯存》，另趙景深有《元人雜劇鈎沉》。

（六）編戲曲集

戲曲集可分兩方面來說，一種是把某一作家的劇作輯成一書，如：吳曉鈴等編校的《關漢卿戲曲集》（北京市：中國戲劇出版社，1958年）、錢南揚校點的《湯顯祖戲曲集》（上海市：上海古籍出版社，1978年）、周妙中點校的《蔣士銓戲曲集》（北京市：中華書局，1993年）。另一種是與一本書相關的劇本合成一書，如：傅惜華等編的《水滸戲曲集》（上海市：上海古籍出版社，1985年）、阿英編的《紅樓夢戲曲集》（北京市：中華書局，1978年）、胡勝、趙毓龍校注的《西遊記戲曲集》（瀋陽市：遼海出版社，2009年）。這種編戲曲集的方式形成一種學術風氣，所編輯整理的成果多達數十種。

3　這是一本輯佚書，輯宋元南戲一百零二種劇本的遺文，因為每種劇本輯得的遺文很少，錢氏謙稱只能輯到百分之一，所以說是「百一」。此書於民國二十三年十二月由哈佛燕京學社出版，收入《燕京學報》專號之九。

二　編輯曲學工具書

（一）編輯曲學書目

　　曲本累積到某個程度，就應有書目。從書目可以看出藏書量的多寡和藏本的特色，另一方面是為了便於檢索。一般來說，書目可分為兩大類：一類是僅著錄書名、作者、卷數的簡要型書目，如王國維的《曲錄》二卷本和後來擴充的《曲錄》六卷本即是，傅惜華所編的《國劇學會圖書館書目》也屬這一類型。現代學者所編的書目，如：香港大學中文學會《中國古典戲曲研究資料索引》，該書分類詳盡，著錄項完備，是相當用心編輯的一本目錄。另一類是有提要的書目，這種書目又稱為敘錄、摘要或解題，有些提要的內容相當豐富，除了最基本的書名、作者、卷數、版本之外，也摘錄該劇本的情節大要、評價和演出的情形等等。傅惜華所撰《元代雜劇全目》、《明代雜劇全目》、《清代雜劇全目》、《明代傳奇全目》[4]，另外《綴玉軒藏曲志》和《碧蕖館藏曲志》，都是這種有提要的書目。莊一拂編著《古典戲曲存目彙考》，孫楷第著《戲曲小說書錄解題》，中國藝術研究院戲曲研究所資料室編著《中國戲曲研究書目提要》，以及李紹宗、夏玉潤主編的《中國劇目辭典》，該書每一劇本都有提要，書後附有索引。李修生主編《古本戲曲劇目提要》也屬這一類。這兩本書書後都附有索引，檢索十分方便。

（二）編輯叢書

　　所謂叢書，是將很多書合成一套大書，這套大書就叫叢書或叢

4　這四本《全目》是傅惜華《中國古典戲曲總錄》八種戲曲總錄中的四種，詳見陳美雪著〈傅惜華編輯戲曲總錄的貢獻〉一文，刊於《書目季刊》第40卷第1期，2006年6月。

刊。曲學文獻的整理，編叢書是較早的例子，像元代就有《元刊雜劇三十種》，民國時期的文獻整理家大多都編有叢刊，如任中敏的《散曲叢刊》，盧前的《元人雜劇全集》，以及隋樹森的《全元散曲》。另外，李福清和李平合編的《海外孤本晚明戲劇選集三種》，以及王秋桂博士主編的《善本戲曲叢刊》六輯，其中收錄四十二種戲曲著作，這些都是叢書。

（三）編輯資料彙編

以某一曲學作家或曲學作品為對象，收集歷代相關的記載和評論，彙為一書，按時代先後或資料內容分類來編排，讓讀者可以了解該曲學作家或劇本在歷代流傳的情況和評價。以人為主的有：袁有芬、李漢秋所編的《關漢卿研究資料》和毛效同編的《湯顯祖研究資料彙編》。以事項為對象，將相關資料彙為一書的有：秦學人、侯作卿編著的《中國古典編劇理論資料彙輯》、王曉傳輯錄的《元明清三代禁毀小說戲曲史料》。

（四）編輯傳記資料

古代的劇作家大多不受重視，如果有記載，也只是三言兩語，因此要有比較詳細的傳記資料，必須從正史、別史、筆記、曲話等，將零碎的資料加以拼湊成書。做這種工作相當費神費事，現有的傳記著作都是這樣而來。如孫楷第的《元曲家考略》、羅錦堂的《明代劇作家考略》、陸萼庭的《清代戲曲家叢考》、鄧長風的《明清戲曲家考略》和《明清戲曲家考略續編》、以及趙景深、張增元編的《方志著錄元明清曲家傳略》。

第三節　民國以前曲學文獻整理概況

　　要討論曲學文獻的整理，可能要從宋元時期開始講起。戲曲到成熟階段雖晚，但是他的源流卻是歷史悠久。從西周時期的〈頌〉開始，所謂〈頌〉就是載歌載舞，中國戲曲既歌又舞就是從〈頌〉開始的。到漢代百戲又有所謂的角觝戲，魏晉南北朝時有代面、缽頭、踏謠娘等各種歌舞戲。踏謠娘在隋唐時代非常流行，唐代崔令欽的《教坊記》便有記錄這個戲。唐代是中國音樂歌舞發展到極鼎盛的時代，而戲曲仍處於雛型階段，所以《教坊記》所列的四十六種唐大曲，就成為非常寶貴的資料。[5]

一　宋元時期

　　唐朝段安節的《樂府雜錄》記錄了唐朝最有名的歌舞戲和參軍戲[6]，《舊唐書》〈音樂志〉也記錄了代面、缽頭、踏謠娘等歌舞戲。從漢代到唐代只能說是戲曲的雛型，真正記錄唐人戲曲文獻的是宋人周密（1232-1298）的《武林舊事》。他是有名的詞學大家，晚年雖遭亡國之痛，但他化悲憤為力量，努力收集故國文獻，完成了《武林舊事》。這本書記載了宋雜劇演員、劇場、劇目等內容，充分體現了作者對戲曲的關注，這是宋代其他劇作家所不及的。該書卷十〈官本雜劇段數〉，記錄兩百八十種宋雜劇劇目，對戲曲史的研究是相當珍貴的資料。因為宋雜劇的劇目都沒保存下來，所以周密的記載是有關宋雜劇劇目的唯一資料，也可以說是專科戲曲目錄的萌芽。

5　崔令欽《教坊記》，收入《中國古典戲曲論著集成》（北京市：中國戲劇出版社，1982年11月），第1冊，頁1-30。

6　段安節《樂府雜錄》，收入《中國古典戲曲論著集成》第1冊，頁33-84。

　　中國第一本古典戲曲目錄就是鍾嗣成的《錄鬼簿》，戲曲在元代，仍然是被輕視的文學作品。鍾嗣成在杭州跟一些戲曲作家時有來往，對他們所受到的不公平待遇，都帶著深切的敬意和同情，所以編著《錄鬼簿》一書來提升他們的社會地位，並保存戲曲文獻。《錄鬼簿》全書分為上下卷，上卷對戲曲作家的著錄較為簡略，僅列其姓字及劇目，下卷不論作家的生平和著述，都做了比較詳細的介紹。由於《錄鬼簿》已經接近標準戲曲目錄的水平，為其書作續編的有明初賈仲明的《續錄鬼簿》，另外模仿他體例的戲曲目錄也不少，《錄鬼簿》可以說開創了戲曲目錄的新局面。

二　明朝時期

　　進入明朝時期，曲學文獻的整理有較長足的進步，這也引導了清朝時期的文獻整理更加發展。明朝時期的曲學文獻整理家之所以整理曲學著作，只是怕資料遺失，而不是有意識地去做系統的整理。如就編輯書目來說，它們的體例並不純，有些戲曲理論的書也附有書目，如朱權的《太和正音譜》。但不論如何，他們對曲學文獻的整理還是很有貢獻。

　　在明朝初年，對文獻整理較有貢獻者就是明太祖第十六子朱權的《太和正音譜》。這是一部戲曲理論兼及戲曲史料的著作，成書於明太祖洪武三十一年（1398），全書分上下兩卷，上卷的內容涉及古典戲曲的體制、流派、製曲方法、雜劇題材分類等。下卷名為「樂府」，是北曲雜劇曲譜。這部分曲譜是現存最古的北雜劇曲譜，後來明清人的曲譜中北曲部分都是以《太和正音譜》為依據，對後世影響很大。[7]

7　參考倪莉著《中國古代戲曲目錄研究綜論》（北京市：知識產權出版社，2010年11月），頁103。

　　到了明中葉，曲本的整理有了較新的發展，用校注來整理曲本的方法出現了。王驥德和凌濛初都校注《西廂記》，王驥德的校注叫做《新校注古本西廂記》，他對這本書非常滿意，他的書訂定了校書的原則和方法。他在〈自序〉中說：「訂其訛者，芟其蕪者，補其闕者，務割正以還故吾。」根據這個原則，王氏共校訂了八千三百五十四字，校勘時以古本作為底本，有時用別本來改古本，有時兩者並存，有時直接更訂。在注釋方面，他「以經史證故實，以元劇證方言」，他徵引的典籍，經史子集都有，可見他相當博學。

　　凌濛初的校注題為《西廂記五本》，在凌濛初看來，以前的校注本所以不能令人滿意，是因為沒有選擇好的底本，他認為周憲王本是比較好的本子，所以以它為底本。他認為王驥德的本子，校勘的方法是正確的，但是也有一些值得商榷的地方。這兩個校注本的作者都對他們的作品很滿意，認為很具有學術價值。

　　除校注曲本外，重要的選集也出現了，那就是臧懋循（1550-1620）的《元曲選》。《元曲選》始編於萬曆四十一年（1613），當時臧氏六十四歲，他從劉承禧家借到元人雜劇二百五十種，開始了編選工作。這部書共選雜劇劇本一百種，扣除明初的雜劇六種，共九十四種。是現存各種選本中數量最多的，其中還有十五本是海內外孤本。這就是這部書的價值。

　　另一著名雜劇選本是趙琦美所抄校的元明雜劇，世稱《脈望館抄校本古今雜劇》，這套書到清初，全歸錢謙益曾孫錢曾的也是園所收藏，所以又稱《也是園古今雜劇》。趙琦美所抄校的古今雜劇原來有多少種已不得而知，到錢曾編《也是園書目》時僅存三百四十一種，乾嘉時轉移到黃丕烈手中又缺了七十多種，民國二十七年（1938）鄭振鐸在上海發現時僅存兩百四十二種，其中有一百三十二種為海內外孤本。趙琦美在抄校這些劇本時，屏除一切俗務，夙興夜寐不停地抄

校，有時還對劇本及作者做考證。他的考證雖不是定論，但還是有價值，這種執著的精神實在值得敬佩。

此外，明代整理曲學文獻，最具特色的有兩點：一是編輯戲曲和散曲的選集，這方面的數量非常多，茲舉例如下：

1. 盛世新聲　　　　　　戴賢輯
2. 詞林摘豔　　　　　　張祿選集
3. 重刊增益詞林摘豔　　張祿編輯
4. 盛世詞林　　　　　　無名氏輯
5. 雍熙樂府　　　　　　郭勛選輯
6. 風月錦囊　　　　　　徐文昭編輯
7. 詞林一枝　　　　　　黃文華選輯
8. 新刻群音類選　　　　胡文煥編
9. 樂府玉樹英　　　　　黃文華選輯
10. 詞林白雪　　　　　　竇彥斌彙選
11. 樂府南音　　　　　　蕭士選輯
12. 樂府名詞　　　　　　無名氏輯
13. 吳歈萃雅　　　　　　梯月主人（周之標）輯
14. 樂府珊珊集　　　　　宛瑜子（周之標）輯
15. 樂府遴奇　　　　　　無名氏輯
16. 樂府爭奇　　　　　　汪公亮校輯
17. 纏頭百練　　　　　　冲和居士選編
18. 北曲拾遺　　　　　　無名氏編
19. 南音三籟　　　　　　凌濛初輯
20. 古今奏雅　　　　　　吳長公編
21. 萬錦清音　　　　　　方來館主人輯
22. 樂府歌舞台　　　　　無名氏編

為何在明代出版了如此多散曲和戲曲合編的選輯，這種現象即使後來的清朝也沒有，這是很值得去探討的一個問題。另外一種特色是開始有個人戲曲作品集的出版，這個風氣到清朝更是盛行，如：朱有燉的《誠齋雜劇》、吳炳的《粲花齋五種曲》。

三　清朝時期

　　清代的曲學文獻整理，比較偏重出版戲曲目錄和個人選集兩個面向。

　　在清康熙至雍正年間出現了兩本作者不詳的重要書目，那就是《傳奇彙考》和《樂府考略》。這兩本書目皆在考證清雍正以前雜劇和傳奇的劇情、作者姓名及經歷，偶爾有評論。《傳奇彙考》收錄了兩百六十三種劇目，並對這些劇目做詳細的考證。原書卷數今已不知，近人董康曾見三十二冊，現存二十一冊。一九九三年書目文獻出版社將《傳奇彙考》單獨出版，根據董康的考證：《樂府考略》是乾隆年間兩淮鹽運使署聘黃文暘、凌廷堪諸人編寫的《曲海》二十卷時的底本。董康將二書合為一書刊出，更名為《曲海總目提要》。

　　清乾隆四十七年黃文暘（1736-1795）編纂《曲海總目》，也稱《曲海目》，該書自稱要著錄曲目一千零一十三種，實際則只有九百八十種，原書分六大類，分別為元人雜劇、元人傳奇[8]、明人雜劇、國朝雜劇、明人傳奇、國朝傳奇。此書收錄劇目眾多，其中有不少無名氏的作品，對研究清雍正以前的戲曲史甚有參考價值。此書有兩本增訂本，在道光年間有支豐宜的《曲目新編》，在同治年間有管庭芬作《重訂曲海總目》，二書都在補《曲海總目》之不足。

8　黃文暘所謂的「元人傳奇」應指元代的南戲，當時尚未有傳奇之名。

　　姚燮的《今樂考證》，完成於清嘉慶年間，有十三卷。包括〈緣起〉二卷、〈宋劇〉一卷、〈著錄〉十卷。〈宋劇〉在記載周密的《武林舊事》、和陶宗儀《南村輟耕錄》中所見的宋雜劇、金院本的名目。〈著錄〉按朝代輯存元雜劇、明清雜劇名目，並在每一作家或作品後輯錄前人有關的言論和評語。本書著錄歷朝戲曲劇目相當完備，共兩千三百餘種，為其他戲曲目錄所不及。趙景深認為，姚梅伯的《今樂考證》是王國維《曲錄》以前五十年的中國劇曲的總紀錄。《今樂考證》保存了相當豐富的戲曲文獻，為後人提供了當時最為完備的劇作目錄。

第二章
民國時期曲學文獻整理總論

第一節　民國時期的學術環境

　　清末民初是個大變動的時代，不但有國內的爭端動盪，又有強勢西方文化的挑戰。傳統的今古文之爭，實已無法回應國內外的變革，學者在求新求變的要求下，也從今古文問題擴大到對中國傳統學術問題的反省。民國初年對傳統學術問題的理解大體可分為兩派，一派是以陳獨秀、胡適、魯迅、李大釗、毛子水、傅斯年、羅家倫等人為主的新文化運動者，他們有《新潮》作為喉舌。另一派則是以劉師培、辜鴻銘、黃侃等人為主的傳統學者，由於兩派各有各的治學理念，對於傳統問題也有相當嚴重的分歧。

　　民國八年（1919）劉師培等發起成立《國故》月刊社，以「昌明中國固有的學術為宗旨」，對新文化運動者大為不滿，表示要發起學報以圖挽救。毛子水則對《國故》反擊，認為那是一種抱殘守缺的方式，此後雙方互相攻擊延續了四年。其中最重要的是胡適所寫的〈新思潮的意義〉一文，他把新思潮的意義理解為「研究問題，輸入學理」，這是新文化運動者對整理國故的新見解，也代表了這一批有新思想的學者對傳統文化的態度。整理國故的步驟，胡適以為：

　　1. 條理系統的整理，從亂七八糟裡面尋出一個條理脈絡。
　　2. 用歷史進化的眼光，尋出每種學術思想是如何發生，其影響
　　　 如何？

3. 用科學的方法，作精確的考證，釐清古人所說的含意。

4. 綜合前三步的研究，還給各家一個本來面目，一個真價值。

　　民國十二年（1923）一月，胡適擔任《國學季刊》編輯部主任，將整理國故的意見發表在《國學季刊》發刊宣言，以為國故整理的重要方向為：擴大研究範圍、注意系統的整理、博采參考比較。沒想到，這兩派學者對傳統文化的意見都是「整理國故」，只是方法不同而已。所謂整理國故，就是整理傳統文化遺產，經學、史學、哲學是文化遺產，小說、戲曲也是，都應該整理。[1]胡適這個說法，給研究小說戲曲的學者很大的鼓舞。由於時代的進步，晚清以來學者，可以從報刊雜誌吸收各種知識，也可以自由發表自己的意見。研究小說戲曲的人多了起來，他們藉報刊雜誌發表研究成果，其中胡適的〈水滸傳考證〉[2]，利用五種殘存的水滸戲劇，探討《水滸傳》版本的源流、故事的演變，得到出人意外的成果。另外，在〈紅樓夢考證〉中，他突破索隱派的牽強附會，考證續《紅樓夢》的作者是高鶚、《紅樓夢》是作者自敘，這些說法都擲地有聲，奠定他研究《紅樓夢》的基礎，也使他成為民國以來紅學研究的第一人。[3]胡適利用殘存的水滸戲來作《水滸傳》的考證，給後來研究戲曲者很大的啟示。民國十七年五月，胡適為《曲海總目提要》寫了一篇序，稱讚《曲海總目提要》是研究戲曲的最佳入門書，這也給研究戲曲者很大的鼓舞。顧頡剛研究俗文學所編的《孟姜女故事集》，這是後來許多曲家編輯《水滸戲曲集》、《西遊記戲曲集》、《紅樓夢戲曲集》的先導。

1　以上參考林慶彰著：〈民國初年的反詩序運動〉，收入《中國經學研究的新視野》（臺北市：萬卷樓圖書公司，2012年12月），頁197-222。

2　胡適：〈水滸傳考證〉，《荷澤學院學報》第28卷第3期（2006年2月）。這是重刊本。

3　參見吳二持：《胡適文化思想論析》（北京市：東方出版社，1998年4月），頁77-92。

　　元明清的文人收藏劇本是把曲本當文物來看待，民國以來的學者大多在大學裡任教曲學的課程，也深知戲曲的社會價值，所以收集曲本是為了研究之用。曲本的收藏與研究結合在一起，所做的整理工作也比較踏實、比較有系統、比較有學術價值。民國時期的學者整理曲本之所以能得到較好的成果，其原因就在此。

　　胡適說：「近年文學的觀念漸變了，文人學者漸漸知道戲曲為六七百年來的代表文學的一大宗。」[4]鄭振鐸也說：「元明以來戲曲文學的研究，乃是除詞之外，這三十年來的最有成績者。」[5]兩人的話說得真不錯，本書第一章說到整理曲學文獻有文本整理、編輯工具書兩大方向，這兩個方向民國時期的學者幾乎都有不少的成果出版。為何在這個時期突然有這麼多的成果，其原因也不難理解。從晚清到民國時期是中國社會變動最劇烈的時代，人們多少受到新觀念的洗禮，文人學者開始重視小說、戲曲的社會功能。[6]

　　由於文人學者的加入，戲曲文獻整理的成果源源而出，戲曲也逐漸形成一種學科，進入了大學講堂，所以民國時期的戲曲文獻學家幾乎都是大學教授，他們有較安定的生活條件，又有弟子代代相傳，所以文獻整理的成果為前代所難以企及。

第二節　散曲文獻整理概況

　　在散曲文獻的整理方面，民國時期做散曲整理的學者有十多人，

4　見胡適：〈曲海總目提要序〉，收入《曲海總目提要》（天津市：天津古籍書店，1992年），卷首。

5　鄭振鐸撰寫〈三十年來中國文學新資料發現記〉，《鄭振鐸文集》（北京市：人民文學出版社，1988年5月）卷6，頁470。

6　胡適：〈曲海總目提要序〉，收入《曲海總目提要》，卷首。

其中以任中敏、鄭振鐸、盧前、隋樹森四位學人研究成果最為豐碩[7]，前一章已敘述曲學文獻的整理有十多個方向，以下按照這些方向來論述民國時期散曲整理的成果。

（一）校勘

曲本收集到了，要整理必先從校勘做起。校勘有的比較簡單，只做字的對錯，有的還要查對原文。元散曲比較少引用前人的話，所以都只校勘字句的對錯而已。任中敏編《散曲叢刊》，盧前編《飲虹簃所刻曲》，除了輯佚外，每首曲子都必須經過校勘。校勘的紀錄稱校記，又稱校勘記。隋樹森編《全元散曲》時，每一首曲子都作有校勘記，對曲子作者的異說、題目的差異、字句的不同等，都附有比較詳盡的校勘記。

（二）校注

所謂校注就是對散曲作校勘和注釋，整理散曲的學者比較少，對散曲作校注的更少。據我所知，只有盧前為九卷本《陽春白雪》作校注。

（三）選注

編者挑選散曲作品中比較優美的曲子彙為一書，如任中敏編的《元曲三百首》和盧前《元曲別裁集》，但這兩本書只有選沒有注，如果有加注的就稱為選注。

---

7 見趙義山《20世紀元散曲研究綜論》（上海市：上海古籍出版社，2002年7月），附錄二「20世紀元散曲研究學人簡介」。

（四）輯佚

　　元人的散曲集由於不受重視，到了清末大都已經亡佚，幸虧有任中敏、盧前在整理散曲文獻時，將這些散曲遺文輯佚出來，譬如從《陽春白雪》、《詞林摘豔》、《樂府新聲》、《太平樂府》、《樂府群珠》這些散曲集中將散曲作家的遺文輯佚出來。盧前的《飲虹簃所刻曲》所收的散曲集，就是這樣輯佚來的。而隋樹森編《全元散曲》，也有經過輯佚的過程。

（五）編輯總集

　　把一個時代的文學作品彙為一書，稱為總集。編總集並不困難，只要準備好作家的作品，再按作家的時代先後編排即可。但是在民國時期，舊藏書樓漸漸轉型為現代公共圖書館，在轉型的過程中，文獻資料的著錄往往是不齊全的，更加深了編總集的困難。而隋樹森卻能在那樣的時代環境中編出《全元散曲》，實在令人敬佩。

（六）編輯叢書

　　民國時期編輯叢書的風氣很盛，如商務印書館的《四部叢刊》和中華書局的《四部備要》，都是著名的叢書。就散曲來說，如陳乃乾所編的《曲苑》（民國十年海寧陳氏刊本），一九二五年又出版《重訂曲苑》（民國十四年石印本），任中敏編《散曲叢刊》和《新曲苑》，盧前編《飲虹簃所刻曲》，都得到不少的好評。

　　散曲本是小道，不太受人重視，元人的散曲集到清末幾乎亡佚殆盡。幸虧任中敏、盧前從各種典籍中輯佚很多的散曲出來，任中敏的《散曲叢刊》、盧前的《飲虹簃所刻曲》收集散曲家的遺文輯佚出來，這些輯佚不但保存元散曲文獻，也方便讀者使用，隋樹森編輯

《全元散曲》時，也是從元散曲選集中輯出散曲的遺文，編輯成書。新中國成立以後，謝伯陽參考隋樹森的體例，編輯《全明散曲》（濟南市：齊魯書社，1994年3月）、《全清散曲》（濟南市：齊魯書社，1985年9月），代代傳承，完成學術使命。

第三節　戲曲文獻整理概況

　　民國時期整理戲曲文獻的學者有很多，重要的有董康、王國維、馬廉、吳梅、趙景深、錢南揚、孫楷第、傅惜華、鄭振鐸等十餘位，其中以王國維、傅惜華、鄭振鐸、錢南揚、趙景深研究成果最受注目，但因錢南揚與趙景深的研究成果都在新中國成立後才完成，故本文不將其列入討論，本小節將就他們各自研究的方向，來說明他們整理戲曲文獻的成果。

（一）校勘

　　古代流傳下來的書，每一本都有一些錯誤，雜劇傳奇的訛誤更多。吳梅認為，主要的原因有二：一是傳奇雜劇的構成因素有唱詞、念白、舞台提示等。除了一般文學作品容易出現的脫訛、錯字之外，還有其特殊的問題。拿曲牌來說，有引曲、過曲、集曲之別。某一曲牌又有正襯（正須大字，襯須小字）的不同，甚至唱中有白，白中有唱，唱白之中又參雜著科介（即舞台提示）等等。稍一疏忽就容易正襯不分，唱念不分，唱念和科介不分，以及曲牌錯標和誤寫等各種各樣的訛誤。二是在傳抄刻印過程中，一些人不大認真，有時還隨意刪改原作。這就為後人編輯整理增加了許多困難。[8]可見吳梅是戲曲專

8　見王衛民著《吳梅評傳》（北京市：社會科學文獻出版社，1995年4月），第五章〈藏曲校曲與譜曲唱曲〉，頁139。

家，才能說出這種內行話，一般作校勘的人不太會理解這些問題。所以吳梅編的各種叢書，如《奢摩他室曲叢》、《古今名劇選》，每一曲本都經過仔細的校勘。如：曲牌名、正襯大小字、脫訛、錯字等，都一一加以改正。鄭振鐸請王季烈整理《孤本元明雜劇》，也都經過詳細的校訂。

（二）輯佚

輯佚的兩大家是趙景深和錢南揚。趙景深有《元人雜劇輯佚》（民國二十四年十月由正新書局出版），他曾經向盧前抗議說：盧前的《元人雜劇全集》中的跋有引用他輯佚的資料，卻未說明清楚。錢南揚專門研究南戲，有關南戲著作多種，最早的一本是在民國時期出版的《宋元南戲百一錄》（民國二十三年十二月由北平哈佛燕京學社出版），在新中國出版的有《宋元戲文輯佚》、《梁祝戲劇輯存》、《漢上宧文存》。

（三）題跋

寫在書籍、碑帖、字畫前面的文字叫做題，寫在後面的叫做跋。現在寫在書前的叫序或敘，也有做引，不過還是作序的比較多。題跋由於不像書信一樣有格式的規定，可以自由發揮，內容千變萬化，沒有固定的格式。鄭振鐸有藏書十萬冊，其中寫跋的有七百多冊，有的跋長到數千字，讀起來很辛苦，吳曉鈴已把這些跋語抄錄出來，編成《西諦書跋》（北京市：文物出版社，1998年）。盧前在編《元人雜劇全集》時，幾乎每一劇本後都有跋，他的跋文短小精鍊，很值得一讀。

（四）編輯書目

民國時期為戲曲編輯書目的學者很多，其中沒有提要的有王國維的《曲錄》、吳梅的《奢摩他室藏曲待價目》。有提要的，如：傅惜華

為日本東方文化事業委員會所編的《續修四庫全書總目提要》〈戲曲類〉所撰寫的四百七十三篇提要，以及《綴玉軒藏曲志》、《碧蕖館藏曲志》也都是有提要的書目。

（五）編輯叢書

編輯戲曲叢書的也不少，如：盧前的《元人雜劇全集》、古今小品書籍印行會輯《永樂大典戲文三種》（民國二十年該會排印本）。在盧前編輯《元人雜劇全集》之前，元人雜劇的叢書能利用的僅有：佚名編的《元刊雜劇三十種》、臧懋循的《元曲選》，盧前利用這些成果編輯了《元人雜劇全集》。《元曲選》和《元人雜劇全集》都不能完全反映全部面貌，後來鄭振鐸得到了《脈望館抄本古今雜劇》，請王季烈點校整理，改名為《孤本元明雜劇》。新中國成立後，鄭振鐸負責主編《古本戲曲叢刊》，也利用了這些前人整理的成果，編成一部有史以來最龐大的戲曲叢刊，雖未完全出版，已造福學者不少。

另有一種新形態的整理資料的方式，即將某一專題的相關資料彙集在一起，這可能受當時學術風氣的影響，如傅惜華的《三國故事與元明清三代之雜劇》即是以三國故事為研究對象，彙集元明清三代雜劇中搬演三國故事的劇本。這就是新中國成立以後，他編輯《水滸戲曲集》的先聲。

（六）彙集傳記資料

古人喜歡作筆記，筆記有各式各樣的資料，其中必然有傳記資料。如把這些彙集在一起，要了解散曲作家的生平事蹟，就有相當大的幫助。傅惜華曾經在《中國學報》[9]發表〈元代雜劇作家傳略〉，這是收集相關傳記資料彙集成篇的一個例子。

9　這篇文章發表在《中國學報》第1-3期（1944年9-11月）。

第三章
論王國維的《曲錄》及其時代意義

第一節　前言

　　根據王國維〈三十自序〉所作之敘述，他是因填詞而對戲曲產生興趣。首先在光緒三十四年（1908）完成《曲錄》的初稿，全書二卷，後來重編為六卷。此後一直到民國二年（1913）完成《宋元戲曲史》的六年間，共完成戲曲方面的著作近十種。這種研究成果，非有極聰明的才華，加上專心致志，實在無法達成。

　　茲將王國維戲曲方面的著作，按時間先後，臚列於下：

　　1.《戲曲考原》

　　　光緒三十三年（1907）作，分兩次發表於：

　　　《國粹學報》第4年11號（第48期）　光緒三十四年（1908）11月20日

　　　《國粹學報》第5年1號（第50期）　宣統元年（1909）1月20日

　　2.《曲錄》二卷

　　　光緒三十四年（1908）9月，《曲錄》初稿完成，編為二卷。

　　3.《曲錄》六卷

　　　宣統元年（1909）7月，將《曲錄》修訂為六卷。

　　4.《優語錄》

　　　宣統元年（1909）10月作。分四次發表於下刊：

　　　《國粹學報》第6年1號（第63期）　宣統二年（1910）1月20日

《國粹學報》第6年2號（總64期）　宣統二年（1910）2月20日

《國粹學報》第6年3號（總65期）　宣統二年（1910）3月20日

《國粹學報》第6年4號（總66期）　宣統二年（1910）4月20日

民國三年（1914）又發表於《盛京時報》，其內容包括《國粹學報》已發表的部分和後來撰寫的部分，但其中數則互有分合。

5. 《宋大曲考》，作於宣統元年（1909）。分六次發表於下刊：

《國粹學報》第6年1號（總63期）　宣統二年1月20日

《國粹學報》第6年2號（總64期）　宣統二年2月20日

《國粹學報》第6年3號（總65期）　宣統二年3月20日

《國粹學報》第6年4號（總66期）　宣統二年4月20日

《國粹學報》第6年5號（總67期）　宣統二年5月20日

《國粹學報》第6年6號（總68期）　宣統二年6月20日

後來有名為〈唐宋大曲考〉的論文，發表於《國學論叢》1卷3期（1928年4月）。

6. 《錄鬼簿》校注，作於1910年1月。

羅振玉兒輩將王國維的稿本錄為校注二卷，此並非王氏的本意。

7. 《古劇腳色考》，1911年1月作。發表於下刊：

《國學叢刊》第1冊，頁1-15　宣統三年（1911）

8. 《曲調源流表》（已佚）。

9. 《宋元戲曲史》，作於壬子（民國元年，1912）。分八次發表於下刊：

《東方雜誌》9卷10號　　1913年4月1日

《東方雜誌》9卷11號　　1913年5月1日

《東方雜誌》10卷3號　　1913年9月1日

《東方雜誌》10卷4號　　1913年10月1日

《東方雜誌》10卷5號　　1913年11月1日

《東方雜誌》10卷6號　　1913年12月1日

《東方雜誌》10卷8號　　1914年2月1日

《東方雜誌》10卷9號　　1914年3月1日

　　10.《元雜劇敘錄》，作於乙卯（民國4年，1915）[1]

另有十三篇小文章，後人蒐集編成《戲曲散論》一書。篇目如下：

（1）〈董西廂〉

（2）〈元刊雜劇三十種序錄〉

（3）〈元鄭光祖王粲登樓雜劇〉

（4）〈元人隔江鬥智雜劇〉

（5）〈元曲選跋〉

（6）〈雜劇十段錦跋〉

（7）〈盛明雜劇初集〉

（8）〈羅懋登注拜月亭跋〉

（9）〈譯本琵琶記序〉

（10）〈雍熙樂府跋〉

（11）〈曲品新傳奇品跋〉

（12）〈曲錄自序〉

（13）〈曲錄自序二〉

這就是王國維研究戲曲的總成果。

1　見袁英光、劉寅生：《王國維年譜長編（1877-1927）》（天津市：天津人民出版社，1996年10月），頁383。

在這些著作中，以《宋元戲曲史》最受到學界的重視。自一九一三年出版以來，相關評論文字已達數十篇。其次為《曲錄》，《曲錄》雖是我國有史以來第一部綜合性的戲曲目錄，也頗得學術界的好評。但迄今相關的研究文章，寥寥可數，較可觀者僅杜穎陶〈記玉霜簃所藏鈔本戲曲〉中，提到《曲錄》有三個缺點：第一，不曾把存佚註明；第二，不曾把劇中情節敘述出來；第三，錯誤和遺漏。[2]另趙萬里的〈靜安先生遺著選跋〉有《曲錄》六卷的跋，他特別指出《曲錄》的缺點有：重出、失考、失收、誤載等四項，每項皆舉許多例證加以說明。[3]這是目前對《曲錄》最詳盡的評論。此外，苗懷明在所著《二十世紀戲曲文獻學述略》的第六章〈二十世紀戲曲目錄學述略〉中對《曲錄》有相當客觀的評價，除引杜穎陶所指出的三點缺失之外，又以為「收錄範圍較窄；不收錄民間劇本；分類粗略，且不盡合理」。苗氏對《曲錄》一書出版的意義也作了客觀的評價，他說：

> 其後，戲曲目錄的編制多是在此基礎上進行，研究者不僅受其影響和啟發，同時還在步入戲曲研究之路時，以其《曲錄》為對話對象，從修訂整理《曲錄》開始。可以說，王國維的《曲錄》等戲曲目錄著作，對 20 世紀戲曲目錄學的編撰有著十分深遠的影響。在回顧 20 世紀戲曲目錄學的發展演進時，是必須以王國維的《曲錄》等著作為開篇的。

二十年前筆者曾經編輯《湯顯祖研究文獻目錄》[4]，現正又完成《續編》的編輯，以個人編輯此一戲曲目錄的經驗來觀察王國維的

---

2 見《劇學月刊》第2卷3、4期合刊（1933年3、4月），頁58-84。

3 見吳澤主編《王國維學術研究論集》第一輯（上海市：華東師範大學出版社，1983年9月），頁289-328。《曲錄》六卷的跋，見頁324-326。

4 本書於一九九六年十二月由臺北市臺灣學生書局出版。

《曲錄》，也有一點小小的心得。如編輯的體例、兩種《曲錄》內容的比較、編輯的得失，和《曲錄》編輯的時代意義等，今整理成一篇短文，作為將來深入研究王國維戲曲的發端之作。

第二節　《曲錄》之前的戲曲目錄

根據王國維的考證，我國戲曲是從宋代開始。宋代的戲劇是雜劇和南方的戲文，金代的戲劇是院本。到了元代，北方有北曲雜劇，元末南戲又復興。明清兩代則有傳奇和雜劇。從宋代到清代，經歷四個朝代，產生的劇本不下數千種，是否有一種綜合性的目錄來登錄這些劇本？根據前人的理解，著錄戲曲劇目的書，王國維六卷本〈曲錄序〉提到：

> 泗水潛夫，紀武林之雜劇。南村野叟，錄金人之院本。醜齋《點鬼》，丹邱《正音》，著錄斯開，蒐羅尤盛。上自洪武諸王就國之裝，下訖天崇私家插架之軸，則有若章邱之李，臨川之湯，黃州之劉，山陰之淡生，海虞之述古。富者千餘，次亦百數。然中麓諸家，未傳目錄，也是一編，僅窺崖略，存什一於千百，或有錄而無書。暨乎國朝，亦有撰著，然《傳奇彙考》之作，僅見殘鈔，廣陵進御之書，惟存總目，放失之阨，斯為甚矣。

王國維這段序文，是一篇清末以前的戲曲目錄編纂史。他敘述從宋代到清代，大家對戲曲目錄的重視不足，很少人用心在目錄的編輯規劃，以致許多劇本都沒有著錄，就這樣亡佚了，實在令人遺憾。

王國維〈曲錄序〉文，並不容易理解，須先作解釋：

1 泗水潛夫，紀武林之雜劇

「泗水潛夫」，指周密（1232-1298），字公謹，號泗水潛夫，著有《武林舊事》十卷。武林是杭州的舊稱，此書乃作者入元後追記南宋都城臨安（今杭州）的舊聞軼事之作。在卷十〈官本雜劇段數〉中，收錄了兩百八十個宋雜劇的劇目[5]，是研究宋雜劇的寶貴資料。

2 南村野叟，錄金人之院本

「南村野叟」，指元末明初的陶宗儀，他著有《輟耕錄》三十卷，內容多記元代典章制度及聞見瑣事。其中〈院本名目〉，列舉金院本劇目名；〈雜劇曲名〉，列舉元雜劇所用北曲曲牌名。[6]近人任中敏已把其中有關戲曲的部分輯錄成《輟耕曲錄》一書，收入《新曲苑》中。

3 醜齋《點鬼》

「醜齋」指鍾嗣成（1275？-1345？），字繼先，號醜齋，大梁（今河南開封）人。元順帝時編《錄鬼簿》二卷，載元代雜劇、散曲作家小傳和劇本劇目，是研究元雜劇的重要參考資料。

4 丹邱《正音》

「丹邱」指朱權（1378-1448），號涵虛子、丹丘先生，明太祖朱元璋第十七子，洪武二十四年（1391）封於大寧（今屬內蒙古），故

---

5 周密《武林舊事》（臺北縣板橋市：藝文印書館，《百部叢書集成》影印《知不足齋叢書》本）卷10，頁1-18。

6 陶宗儀：《輟耕錄》，收入《叢書集成新編》（臺北市：新文豐出版公司，1985-86年），第8冊，頁533-657。

稱寧王，後改封南易，卒諡獻，世稱寧獻王。曲學專著有《太和正音譜》，內容分兩部分，前一部分是對古代戲曲的體制、流派、製曲方法、戲曲聲樂理論的研究，和有關雜劇各種資料的紀錄。後一部分是現存唯一最古的雜劇曲譜。本書對明清兩代曲學研究影響很大。[7]

以上四種，周密《武林舊事》僅收宋雜劇的劇目，陶宗儀《輟耕錄》僅收金院本劇目，鍾嗣成《錄鬼簿》收元雜劇劇目和作家小傳，朱權《太和正音譜》僅收元雜劇的資料。用現代的話來說，這些都僅是專題目錄，而王國維所要的應是可以讓他了解宋元明清戲曲發展演變的綜合性書目。

當然，清末民初流傳的戲曲目錄，不僅有王國維在《曲錄》六卷本〈序〉中所提到的四種而已，他在《曲錄》二卷本〈序〉也提到《元曲選》首卷、程明善的《嘯餘譜》、焦循的《曲考》、黃文暘的《曲目》、無名氏的《傳奇彙考》等目錄，他也利用了這些人的研究成果。此外，王國維所未見的書也不少，趙萬里曾開了一個書目，他說：

> 總之，吾人現時所見此項文獻，實倍蓰于此書，如徐渭之《南詞敘錄》，《永樂大典》之戲字韻。蔣孝之《南九宮譜》出，得知宋元戲文之名目可與元雜劇抗衡。原本《錄鬼簿》、賈仲名《續錄鬼簿》出，得知元及明初雜劇進展之程序，其名目可補此書者以百計。無名氏之《樂府考略》、焦循之《劇說》、姚燮《今樂考證》出，明、清兩代戲曲文獻，亦隨之加長。[8]

7　見丹丘先生涵虛子編、盧元駿校訂：《太和正音譜》（1965年2月）
8　趙萬里：〈曲錄六卷跋〉，在趙氏著〈靜安先生遺著選跋〉，收入吳澤主編《王國維學術研究論集》，頁324-326。

這些都是王國維編《曲錄》時，沒有利用到的工具書，如果能充分利用，《曲錄》的缺失將會減少很多。

另外，王國維也提到不少藏書家，他們藏有許多曲本，可惜都沒有編成目錄。

1 章丘之李

指李開先（1502-1568），山東章丘人。王國維在「章丘之李」下注云：「《列朝詩集》李開先小傳」，表示李開先藏書的事見《列朝詩集小傳》，該小傳云：「改定元人傳奇樂府數百卷，蒐集市井艷詞、詩禪、對類之屬，多流俗璅碎，士大夫所不道者。」[9]

2 臨川之湯

指湯顯祖（1550-1616），江西臨川人。王國維在「臨川之湯」下注云：「姚士粦《見只編》卷中」，表示湯顯祖藏劇本的事，見《見只編》卷中。經查《見只編》云：「湯海若先生妙于音律，酷嗜元人院本，自言篋中收藏，多世不常有，以至千種，有《太和正韻》所不載者，比問其各本佳處，一一能口誦之。」[10]

3 黃州之劉

指劉延伯。王國維自注云：「《靜志居詩話》卷十五臧懋循條下」，該《詩話》云：「嘗從黃州劉延伯借元人雜劇二百五十種。」[11]

9　見錢謙益：《列朝詩集小傳》（臺北市：世界書局，1961年12月），上冊，頁377。

10　見姚士粦：《見只編》（臺北縣板橋市：藝文印書館，《百部叢書集成》影印《鹽邑志林》本），卷中，頁3。

11　朱彝尊：《靜志居詩話》（上海市：上海古籍出版社，《續修四庫全書》影印清嘉慶二十四年扶荔山房刻本），第1698冊，卷15，頁37。

4 山陰之淡生

指祁承㸁（1565-1628），浙江山陰人。王國維自注云：「同上，卷十六祁承㸁條下」，該《詩話》云：「參政富於藏書，將亂其家，悉載至雲門山寺，惟遺元明來傳奇，多至八百餘部，而葉兒樂府散套不與焉。」[12]

5 海虞之述古

指錢曾（1629-1701），虞山（今江蘇常熟）人，有《述古堂書目》、《也是園藏書目》和《讀書敏求記》三部書目，《也是園藏書目》所收古今雜劇特多。

王國維認為這些曲家如果能將所藏編成目錄，即使曲本亡佚，至少仍有目錄可參考。

第三節　編輯《曲錄》之動機、體例及版本

（一）編輯動機

光緒三十四年（1908）《曲錄》初稿完成，全書二卷，卷一為雜劇類，卷二為傳奇類，末附小令套數類，計收劇目兩千兩百二十本。王國維編纂《曲錄》的動機，可從二卷本的〈序〉看得出來，〈序〉說：

> 余作《詞錄》竟，因思古人所作戲曲，何慮萬本，而傳世者寥寥。正史藝文志及《四庫全書提要》，於戲曲一門既未著錄，海內藏書家亦罕有蒐羅者，其傳世總集除臧懋循之《元曲選》、毛晉之《六十種曲》外，若《古名家雜劇》等，今日皆

---

12 朱彞尊：《靜志居詩話》，卷16，頁38。

絕不可覩，餘亦僅寄之伶人之手，且頗遭改竄，以就其脣吻。
今崑曲且廢，則此區區之寄於伶人之手者，恐亦不可問矣。明
李中麓作〈張小山小令序〉，謂明初諸王之國，必以雜劇千七
百本資遣之。今元曲目之載於《元曲選》首卷及程明善《嘯餘
譜》者，僅五百餘本。則其散失，不自今日始矣。繼此作曲目
者，有焦循之《曲考》，黃文暘之《曲目》，無名氏之《傳奇彙
考》等。《焦氏叢書》中未刻《曲考》，《曲目》則儀徵李斗載
之《揚州畫舫錄》，《傳奇彙考》僅有舊鈔殘本，惟黃氏之書稍
為完具。其所見之曲，通雜劇傳奇彙考，共一千零十三種。復
益以《曲考》所有，而黃氏之未見者六十八種。余乃參考諸
書，並各種曲譜及藏書家目錄，共得二千二百二十本，視黃氏
之目，增逾一倍。又就曲家姓名可考者考之，可補者補之，粗
為排比，成書二卷。黃氏所見之書，今日存者恐不及十之三
四，何況百種外之元曲，曲譜中之原本，豈可問哉，豈可問
哉！則茲錄之作，又烏可以已也。光緒戊申八月之望，海甯王
國維敘。

這〈序〉作於清光緒戊申（三十四年，1908）八月，從〈序〉中王國
維的言辭，可以看出他對戲曲的不受重視充滿無奈。有幾種現象可以
看出戲曲不受重視：其一，官修目錄不著錄，古人所作戲曲何只萬
本，正史藝文志和《四庫全書提要》並未著錄。其二，傳世總集絕
少，僅《元曲選》和《六十種曲》而已。像《古名家雜劇》，根本見
不到。其三，劇本寄於伶人之手，頗遭改竄，隨時都有亡佚之可能。
其四，元代雜劇載於《元曲選》首卷和程明善《嘯餘譜》的，僅五百
多本，可見早就有亡佚。其五，焦循的《曲考》未刻入《焦氏叢書》
中，黃文暘之《曲目》收一千零一十三種，但遺漏仍多，所以必須增
補，而《傳奇彙考》一書，僅存殘本，他擔心將來劇本亡佚更多、更

快，所以才想編《曲錄》來保存這些劇目。可見《曲錄》之作，是有不得不然的理由，如果黃文暘的《曲目》不要遺漏那麼多，王國維也許直接利用《曲目》作研究，也就不必重起爐灶了。

宣統元年（1909）五月，王國維將《曲錄》擴大為六卷，收劇目三千，書前另有新的〈曲錄序〉云：「國維雅好聲詩，粗諳流別，痛往籍之日喪，懼來者之無徵，是用博稽故簡，撰為總目。」仍是擔心曲籍亡佚殆盡，可見激發王國維編撰《曲錄》，就是曲籍亡佚太甚，有《曲錄》雖不一定可以保存曲籍，但至少知道歷朝歷代創作了那些劇本。

（二）全書體例

編輯一部工具書必須先有體例，有了體例，才能把資料條目作最妥當的處理。王國維編輯《曲錄》也應該有體例，只是他沒有寫出來而已。那麼從《曲錄》的什麼地方可以看出它的體例？我們試著從目錄本身來看它的體例：

1 收錄時間

近代編輯目錄，比較嚴謹的都有註明收錄文獻資料的時間。在王國維的《曲錄》中，編輯二卷本時，他只想把元明清的劇本收錄進去，並沒有考慮到宋雜劇和金院本。當他將《曲錄》擴大為六卷時，為求戲曲史資料的完備，他根據周密的《武林舊事》和陶宗儀的《輟耕錄》，加入了宋雜劇和金院本的目錄，使收錄的時間擴大到宋、金時代。

2 著錄方式

編輯目錄，各個條目都有一定的著錄方式。《曲錄》二卷本，著

錄劇名是用簡名，接著是冊數，最後是出處。六卷本也是如此，但劇
名用的是全名。如關漢卿的《竇娥冤》，兩種版本的著錄方式是：

竇娥冤一本　　　　　　元曲選本　古名家雜劇本（二卷本）
感天動地竇娥冤一本　　元曲選本　古名家雜劇本（六卷本）

可知二卷本著錄的是簡名，六卷本著錄的是全名。其他著錄項，兩本
《曲錄》的體例都相同。

3 考訂作者里籍

對作者里籍略作考訂，供讀者參考，是編者編輯目錄的責任之
一。因此作者的資料即使短至僅僅一句話，對讀者也都有幫助，《曲
錄》就秉持這個原則。兩本《曲錄》考訂作者的文字，或略有出入，
或長短相差很多。茲舉朱權為例，來看王國維的著錄方式。在著錄朱
權著作十二種之後，王國維在《曲錄》二卷本考訂說：

> 右十二種，明寧獻王權撰。王，號臞仙，太祖第十七子。
> 上十二種，《嘯餘譜》題丹丘先生，按裔王所撰，《太和正音
> 譜》亦題涵虛子丹丘先生，故知丹丘即寧王道號也。（二卷本）

> 右十二種，明寧獻王權撰。王，太祖第十六子。洪武二十
> 四年就封大寧。
> 永樂元年改封南昌，晚慕沖舉，自號臞仙、涵虛子丹丘先
> 生，均其別號也。
> 上十二本，《太和正音譜》題丹丘先生，蓋其自稱之詞如
> 此。（六卷本）

兩種作者簡介略有出入，二卷本作「十七子」，六卷本作「十六子」。
按朱權是第十七子或第十六子，根據曾師永義的考證「以作第十六子
為當」。[13]可見王國維將「十七子」改為「十六子」，是經仔細思考所
得的結果。

（三）今傳版本

二卷本

　陳乃乾《曲苑》本　民國10年（1921）　海寧陳氏影印巾箱本
　　陳乃乾的《重訂曲苑》（民國十四年（1925）石印本），古書流通
處的《增補曲苑》，都沒有再收王國維的《曲錄》二卷，而《增補曲
苑》改收《曲錄》六卷本，大概以為有了六卷本，二卷本已沒有收錄
的價值。這個觀點並不正確，如果沒有二卷本可對照，我們怎能知道
王國維在六卷本下了多少功夫。

六卷本

1. 晨風閣叢書，清宣統元年（1909）番禺沈氏刊本
2. 海寧王忠愨公遺書　第4集　40-42冊
   民國丁卯（1927）年海甯王氏排印石印本
3. 增補曲苑・木集
   上海市　文藝書局　1932年
4. 海寧王靜安先生遺書
   上海市　商務印書館石印本　3冊　1940年
5. 民國60年（1971）臺北縣藝文印書館印本　354頁

---

13 詳見曾永義：〈太和正音譜的作者問題〉，收入《說戲曲》（臺北市：聯經出版公司，
　　1976年9月），頁75-96。

6.海寧王靜安先生遺書

　　臺北市　臺灣商務印書館印本　1976年

7.叢書集成續編　第2冊[14]

　　臺北市　新文豐出版公司　採晨風閣叢書本影印　1989年

8.叢書集成續編・史部

　　上海市　上海書店據晨風閣叢書影印　1994年

9.歷代戲曲目錄叢刊　第4冊

　　揚州市　廣陵書社據晨風閣叢書影印　2009年

10.北京市中國書店影印晨風閣叢書本（不註出版年月）

11.臺北縣藝文印書館影印本（不註出版年月）

路新生點校本

1.王國維全集第二卷　杭州市　浙江教育出版社　2009年12月

　　以上這十多種版本，其實都是《晨風閣叢書》的翻印本，由此可見，《曲錄》的版本還相當單純。另外，附帶一提的是，最近大陸拍賣王國維《曲錄》六卷本的稿本，最後以一百五十萬人民幣成交。

第四節　《曲錄》二卷本與六卷本內容之比較

　　王國維於光緒三十四年編成《曲錄》二卷，隨即擴大為六卷，成為我國有史以來第一部綜合性的戲曲目錄。之所以要作這兩部戲曲目錄的比較研究，是因為二卷本為初稿本，擴大為六卷本後成為定本。許多人編輯目錄的過程並沒有記錄下來，後人也無法得知這類工具書

---

14 國家圖書館將新文豐出版公司《叢書集成續編》所收的《曲錄》，誤以為二卷本。

是怎麼編出來的。王國維恰好保留有二卷本，讀者藉這二卷本與六卷本相核，就可知道那些地方作了增刪，那些地方作了改動，則編輯目錄的方法也就可以從這裡呈現出來。

（一）收錄範圍

《曲錄》二卷並沒有收錄宋金的戲曲，所以它的卷一就是雜劇部。而六卷本《曲錄》，在卷一收錄了陶宗儀《輟耕錄》所著錄的六百九十種。王國維在卷一之末作附記云：

> 右六百九十種，見陶宗儀《輟耕錄》卷二十五〈院本名目〉，余定為金人之作。其目凌亂詭異，不可鈎稽，約舉之，有以調名者，有以所譜之事名者，有以所譜之人名者，有以曲之首句名者，有以事係扮演之人者，有以事繫曲調者。何以知為金人之作？中有《金皇聖德》一本，一證也。其以調名者，如山麻楷、水龍吟，雙聲疊韻各調，惟金時董解元《西廂》中用之，元人從未用此數調，二證也。董西廂多用宋人詞調，此目中之以調名者，亦詞曲相半，三證也。中有十餘本，同南宋官本雜劇，四證也。惟此種院本，大抵出於伶人之手者多，出於士大夫之手者少耳。

收錄文獻的範圍向前延伸到宋金的雜劇和院本，以前「凌亂詭異，不可鈎稽」的，在收入《曲錄》六卷本時，也都有所訂正。

（二）內容編排

《曲錄》二卷本的卷一，六卷本的卷二，著錄的都是雜劇的劇目。二卷本曲家著錄的順序，大抵都根據《太和正音譜》而來，如前

十位的順序是馬致遠、費唐臣、王實父、宮大用、關漢卿、白樸、喬吉、尚仲賢、庾吉甫、高文秀。而六卷本前十位的順序是馬致遠、王實父、關漢卿、白樸、高文秀、鄭廷玉、庾天錫、李文蔚、李直夫、吳昌齡。兩者的順序大不相同，二卷本是根據《太和正音譜》的順序，而這順序是按年齡的大小編排的，作者朱權並沒有說明。六卷本的編排順序是根據什麼原則，王國維也沒有說明。

至於各戲曲家劇本的編排順序也相差甚多，如以馬致遠作品為例，將二卷本和六卷本分別排列如下：

<table>
<tr><td align="center">二卷本</td><td align="center">六卷本</td></tr>
<tr><td>1.漢宮秋一本</td><td>1.劉阮誤入天臺洞一本</td></tr>
<tr><td>2.薦福碑一本</td><td>2.呂太后人彘戚夫人一本</td></tr>
<tr><td>3.岳陽樓一本</td><td>3.江州司馬青衫淚一本</td></tr>
<tr><td>4.黃粱夢一本</td><td>4.風雪騎驢孟浩然一本</td></tr>
<tr><td>5.青衫淚一本</td><td>5.呂洞賓三醉岳陽樓一本</td></tr>
<tr><td>6.陳摶高臥一本</td><td>6.王祖師三度馬丹陽一本</td></tr>
<tr><td>7.三度任風子一本</td><td>7.太華山陳摶高臥一本</td></tr>
<tr><td>8.踏雪尋梅一本</td><td>8.孟朝雲風雪歲寒亭一本</td></tr>
<tr><td>9.誤入桃源一本</td><td>9.凍吟詩踏雪尋梅一本</td></tr>
<tr><td>10.酒德頌一本</td><td>10.呂蒙正風雪齋後鐘一本</td></tr>
<tr><td>11.齋後鐘一本</td><td>11.大人先生酒德頌一本</td></tr>
<tr><td>12.歲寒亭一本</td><td>12.破幽夢孤雁漢宮秋一本</td></tr>
<tr><td>13.戚夫人一本</td><td>13.半夜雷轟薦福碑一本</td></tr>
<tr><td>14.金山寺一本</td><td>14.馬丹陽三度任風子一本</td></tr>
</table>

二卷本著錄的劇目是受《太和正音譜》的影響，用的是簡名。六

卷本是根據鍾嗣成《錄鬼簿》，用的是全名。簡名是《歲寒亭》，全名是
《孟朝雲風雪歲寒亭》。馬致遠的曲本，兩種《曲錄》都著錄十四種，
其實內容是有不同的。二卷本的《黃粱夢》、《金山寺》，六卷本把它
刪去了，所以刪去，大概因為《黃粱夢》並不全是馬致遠的著作[15]，
《金山寺》則無可考。六卷本因以《錄鬼簿》為底本，所以有《風雪
騎驢孟浩然》和《王祖師三度馬丹陽》兩個劇目。

（三）作者考訂

　　兩本《曲錄》對作者的里籍、生平事蹟都有考訂。二卷本的考訂
非常簡單，如對馬致遠的介紹，僅題：「致遠，號東籬，里居未詳，
江浙行省屬官。」六卷本對馬致遠的生平資料並沒有增加，主要資料
如此而已，但他引了錢謙益《列朝詩集》甲十三的一段話：

> 張學士以寧題馬致遠〈清溪曉渡圖〉，自注云：「致遠，廣西
> 憲掾。子琬，從余學。」琬字文璧，秦淮人，則其父非大都之
> 馬致遠也。

這段話在辨別此馬致遠另有其人，非大都之馬致遠。之後，另引《太
和正音譜》中評論馬致遠的話：

> 馬東籬之詞，如朝陽鳴鳳。
> 其詞典雅清麗，可與〈靈光〉、〈景福〉相頡頏，有振鬣長鳴，
> 萬馬皆瘖之意。又若神鳳飛鳴于九霄，豈可與凡鳥共語哉，宜
> 列群英之上。

---

15 《太和正音譜》在馬致遠《黃粱夢》劇目之下云：「第三折花李郎，第四折紅字李
　二。」表示《黃粱夢》第三、四兩折，並非馬致遠的作品。

從這裡所引的兩段話,可以得知王國維將二卷本擴大為六卷本,所下的工夫有多大了。

(四)其他曲籍的收錄

《曲錄》的旨意應是收錄一切與曲有關的書籍目錄,《曲錄》二卷本,卷一收雜劇類,卷二收傳奇類,但是曲學的書籍還有散曲、曲譜、總集、選集等,如據《曲錄》的編輯方法,根本沒有適當的位置可安置。所以,王國維在二卷本《曲錄》卷二之後,設有附錄小令套數類來安置這些書籍,又分:專集類十五種、總集類十九種,合計三十四種。到了六卷本《曲錄》,因為卷數比較多,所以用卷六一整卷來安置這些書籍。茲將卷六的分類和所收書籍的數目,臚列如下:

1. 雜劇傳奇總集部收五種
2. 小令套數部收六十七種
3. 曲譜部收十五種
4. 曲韻部收八種
5. 曲目部收六種

合計一百零一種,比起二卷本,多出將近三倍,從這裡可以看出王國維編六卷本的用心。

第五節　《曲錄》的一些缺失

王國維《曲錄》完成後,他本人也知道有不少缺點。民國十二年(1923)六月十一日,王國維給陳乃乾的信說:「拙著《曲錄》,當時甚不完備。後來久廢此事,亦不復修補,弟意此書聽其自滅,至為佳事,實不願再行翻印,兄若不見告而徑行翻印,則弟亦絕不干預也。」六月二十三日的信又說:「拙撰《曲錄》不獨遺漏孔多,即作

者姓名事實可考者尚多，後來未能理會此事，故不願再行刊印。兄如能補遺正誤，並將作者事實再行搜羅，則所甚禱也。」[16]可見王國維也知道《曲錄》的不足在哪裡。

趙萬里所著《靜安先生遺書選跋》中有《曲錄》六卷的跋，該跋舉出《曲錄》之舛誤有重出、失考、失收、誤載四項，並各舉若干例子說明。茲引用趙氏所舉的例證，並將一己之得，附錄於下：

（一）重出

所謂重出，即是一曲目出現兩次或三次。趙萬里舉例說：

> 如《珊瑚玦》乃周穉廉撰，穉廉自號可笑人。同卷又別出可笑人撰《珊瑚玦》、《元寶媒》兩本，可謂失之眉睫。

王國維在《曲錄》卷三著錄周穉廉的《珊瑚玦》，他自號可笑人。王國維可能不知周氏的字號，所以又著錄可笑人的兩部劇作，如果知道，應該要合在一起。趙氏又舉例說：

> 《環翠堂樂府》乃汪廷訥所撰傳奇之總稱，而套數小令部又收之，蓋誤以為散曲集矣。

《環翠堂樂府》本是汪廷訥的傳奇總稱，王國維《曲錄》收入卷三，但卷六小令套數部又將之收錄，是誤以為散曲集。

---

16 見袁英光、劉寅生：《王國維年譜長編（1877-1927）》，頁383。

（二）失考

這裡所謂「失考」，是指經考證可解決問題的，王國維卻未加考證。趙萬里舉例說：

> 如《香囊記》乃邵燦作，《錦箋記》乃周履靖作，《犢鼻褌》乃李棟作，錄中失載其名氏，今據《宜興志》、《夷門廣牘》，及李棟所著詩集始得知之。
>
> 又如《中山狼雜劇》一折，乃王九思作，而誤以為康海作，不知康作實四折也。《者英會》、《翠屏山》、《望湖亭》、《一種情》，乃沈璟俚伯明所作，錄中誤與沈璟他作同列。《秦樓月》乃朱素臣作，今有武進陶氏影印本可證，而誤以為李玄玉作。
>
> 王濟翁撰《櫻桃園雜劇》，濟翁名濟，著有《墻東集》，以字為名，亦誤。

（三）失收

就是指《曲錄》有所遺漏，所以遺漏的原因，是對前人的研究成果不能徹底掌握。

> 如黃方胤有《倚門》、《再醮》、《淫僧》、《偷期》、《變童》、《懼內》等劇，而不數《督妓》一劇。茅維有《蘇園翁》、《秦廷筑》、《金門戟》、《雙合歡》、《鬧門神》等劇，而不數《醉新豐》。汪廷訥有《高士》、《長生》、《天書》、《獅吼》、《投桃》、《二閣》、《同升》、《三祝》、《種玉》等記，而不數《彩舟》。史槃有《合紗》、《夢磊》，而不數《櫻桃》、《鶼釵》、《雙鴛》、

《蠻甌》、《瓊花》、《青蟬》、《雙梅》、《檀扇》、《梵書》諸記。
周憲王朱有燉著《誠齋雜劇》三十一種，而不數《孟浩然踏雪
尋梅》，皆其例也。

趙萬里舉了一些失收的例子。其實，《曲錄》六卷本失收劇目的例子
還有很多，例如趙景深說：「《曲錄》的清雜劇部分也編得太馬虎。一
共只有三十家，八十五種，遺漏之多，是全書中所少見的。」[17]各個
戲曲專家來看，都可以挑出一些遺漏，要減少這種情況，就要把一切
的曲籍和書目作地毯式的搜索，可惜在王國維的時代並沒有這樣做。

（四）誤載

這是將劇本分類弄錯。個人認為弄錯在所難免，因為並非所有劇
本皆能全部過目，更何況有些已亡佚，要覆按根本不可能，只能儘量
小心來減少錯誤。趙萬里的遺稿，舉不少例子，來糾正《曲錄》的錯
誤：

如董解元之《西廂》，王伯成之《天寶遺事》，皆諸宮調而誤入
傳奇類。王實甫之《西廂記》，吳昌齡之《西遊記》，葉憲祖之
《四艷記》、吳城之《群仙祝壽》、《百靈效瑞》，皆雜劇而誤入
傳奇類。吳偉業之《秣陵春》，嵇永仁之《揚州夢》，皆傳奇而
誤入雜劇類。《燈花婆婆》、《種瓜張老》、《紫羅蓋頭》、《女報
冤》、《風吹轎兒》、《錯斬崔寧》、《小亭兒》、《西湖三塔》、《馮
玉梅團圓》、《簡帖和尚》、《李煥生五陣雨》、《小金錢》，均見
《也是園書目》，皆宋、元人平話，與官本雜劇無涉，竟誤入

---

17 趙景深：〈姚梅伯的《今樂考證》〉，收入《中國近代文學論文集（1919-1949）戲劇
　卷》（北京市：中國社會科學出版社，1988年3月），頁452-467。

卷一。又《中州元氣》乃元詩總集,《永樂大典》中時有引
之。《諸家宴喜詞》即《典雅詞》,乃宋人所刊宋詞總集。《雙
溪醉隱樂府》乃耶律鑄所撰古樂府,均非散曲,而誤入套數小
令類。《樂府混成集》之名見於《齊東野語》,明是詞譜性質,
王驥德《曲律》卷四引其旁譜,與姜夔自度曲相似可證,而誤
入曲譜類,此皆有待後人為之校正者也。

整本《曲錄》要更正的地方可能還很多,雖然王國維先生已經走入歷
史,趙萬里所舉出來《曲錄》的種種缺失,仍可作為後人編纂曲學工
具書的參考。

　　另外,吳曉玲也說:

　　　現存的戲曲目錄書籍,有黃文暘的《曲海總目》、姚燮的《今
　　　樂考證》和王國維的《曲錄》。黃書只著名目,過於簡略;姚
　　　書分類頗多錯誤,也不足為據;王書最後出,輯錄也較廣,算
　　　是最好的了。但是現在曲集發現日多,《曲錄》已經不夠為我
　　　們研究的參考之用;同時不惟錯誤百出,就是其書的編制方法
　　　也不合於我們的理想,所以有亟需重編的必要。[18]

吳曉玲認為重編《曲錄》必須在書名之下記卷數、誌齣數(或折
數)、錄版本、注藏家、標存佚、寫作者小傳、小傳之後附上徵引書
目。這個理想,後來傅惜華編《中國古典戲曲總錄》,莊一拂編《古
典戲曲存目彙考》,都已一一實現,可見後人在戲曲目錄的編輯已超
出前人許多。

---

18 吳曉玲:〈我研究戲曲的方法〉,《國文月刊》第1卷9期(1941年),頁20-23。

第六節　《曲錄》出版的時代意義

　　王國維所編的《曲錄》不僅是對研究戲曲有貢獻而已，如果仔細思考該書的出版，實有相當深遠的時代意義，茲敘述如下：

（一）確立學者治學的模式

　　一位學者研究學問當然都要從蒐集資料入手，資料蒐集完備，就可以著手撰寫論文，大部分的學者大概都是照此一模式來治學。這好像騎自行車，是「小乘」的作法。有些人在蒐集資料的過程中，逐漸體會編輯一種工具書，不但可利己又可利人，這是開大客車，是「大乘」的作法。有些人以為編輯工具書是為他人作嫁衣裳，頗不以為然。觀王國維的作法，他編輯《曲錄》，從二卷擴大到六卷，在當時的條件下，幾乎蒐遍了各種目錄、總集、曲評、雜記等書，為的是什麼？除了為自己撰作戲曲史充實參考資料外，不無提供他人較完整研究資料的用意在內。此後，研究戲曲的學者大都願意從事文獻的編輯工作，如盧前編《飲虹簃所刻曲》，隋樹森編《全元散曲》，任中敏編《散曲叢刊》，傅惜華編《中國古典戲曲總錄》，都是承繼王國維創建的優良傳統所得的結果，王國維的作法，確立了一個大學者治學的模式。

（二）充實曲本的數量

　　在王國維之前的戲曲文獻，總集類的僅有《元曲選》、《六十種曲》，雜記類的有《武林舊事》、《輟耕錄》，書目類的有《錄鬼簿》、《太和正音譜》、《也是園書目》、《曲品》、《新傳奇品》、《曲海目》等近十種而已。如純就書目類來說，《錄鬼簿》、《太和正音譜》僅列雜劇；《也是園藏書目》，王國維說：「也是一編，僅窺崖略」，可見所

錄並不多。呂天成的《曲品》，書中收錄戲曲作家九十人，戲曲作品
一百九十二種。高奕的《新傳奇品》，著錄明代及明末清初二十七家
的作品，所收傳奇達兩百零九種。黃文暘的《曲海目》，雖經無名氏
重訂為《重訂曲海總目》，但所訂補的並不完全可信。由於當時戲曲
界並沒有一部較完備的戲曲目錄，王國維才自告奮勇要完成此一艱難
的工作。《曲錄》的完成，使戲曲總目錄達到三千多條，充實了曲本
的數量。

（三）奠定戲曲目錄的規模

在王國維編纂《曲錄》之前，也有不少戲曲目錄。這些目錄，或
記錄宋金雜劇、院本，或記錄元人雜劇，且沒有一定的體例，大抵是
隨著作者的興趣作記錄，並沒有意識要編輯一部完整目錄的企圖心。
到了王國維，有感於戲曲不受重視，官方書目並不著錄，他於是發願
要編一部完備的目錄，由於有此種意願，再加上西學的背景，他所編
的《曲錄》雖仍有些缺點，但就目錄的分類、作家作品的編排、作家
生平的考訂等，都有一定的規範，後來的許多目錄，雖後出轉精，但
仍不可忘記王國維的啟導之功。

第七節　小結

根據上文的論述，可得下列數點結論：

第一，王國維是因填詞而對戲曲產生興趣，在光緒三十四年
（1908）完成《曲錄》的初稿。全書二卷，接著擴充為六卷，至民國
二年（1913）完成《宋元戲曲史》，這六、七年間，完成的戲曲論著
有十餘種之多，其中最有貢獻的是《曲錄》和《宋元戲曲史》二書。

第二，《曲錄》有二卷本和六卷本兩種版本，二卷本是初稿，由

於裡面缺漏甚多，王國維不願重印，所以坊間傳本絕少。六卷本是王國維的定本，王國維也知道其中仍有許多錯誤，但因為它是我國第一本綜合性的戲曲目錄，仍有很高的參考價值，所以傳本有十多種。

第三，王國維之所以執意要編輯《曲錄》，是因為他發現歷來大家都不重視戲曲，曲本幾乎亡佚殆盡，他擔心將來曲本亡佚更多、更快，所以才想編《曲錄》來保存這些劇目。在編輯《曲錄》的過程中，王國維儘量吸收前人的研究成果，所以《曲錄》可視為民國初年較完善的戲曲目錄。

第四，將《曲錄》二卷本和六卷本作比較，可以知道王國維在編輯過程中所下的功夫。二卷本著錄元雜劇作家的順序，大抵根據《太和正音譜》而來，六卷本的編排，與二卷本差異很大。作者生平資料，二卷本與六卷本也有不少修訂的地方。

第五，《曲錄》出版後，有不少缺失，王國維並不打算再印，趙萬里提出重出、失考、失收、誤載四個缺點。但不論如何，這本《曲錄》確立了學者治學的模式，即使大學者也應編輯工具書，後來戲曲界的學者都繼承了這一優良傳統。另外，《曲錄》收錄了三千多種曲目，也充實了曲目的數量。

第四章
任中敏整理散曲文獻的成就

第一節　前言

　　雖然同樣是一代文學的表徵，但與唐詩、宋詞相較，元代的散曲一向被視為末道小技，而且「厥品頗卑」，歷來甚少人加以關注研究。但是，到了二十世紀三十年代，它卻成為學術界一門新興的學問——散曲學。這個打破文學研究的等級觀念，關心、重視平民文學，使得散曲研究有了新的發展，進而催生散曲文學史的撰著者就是——任中敏先生。

　　任先生學問淵博、著述宏富，在北宋詞學、元代散曲、唐代戲劇與燕樂歌辭以及敦煌學等眾多領域都有令人矚目的成就。而其中最為突出的貢獻，乃在於開創建立了一門嶄新的近代散曲學。他把散曲從戲曲中獨立出來，並對散曲之名做了明確的界說，尤其對散曲體系的建構、對散曲精神的把握，以及對散曲文獻的編纂與刊行，若說他是近代散曲學的奠基人，實不為過。[1]

　　任中敏先生有關散曲的著作，論述性的有《詞曲通義》、《散曲概論》、《作詞十法疏證》。編輯性的有《散曲叢刊》、《新曲苑》、《元曲三百首》、《楊升菴夫婦散曲》等。這兩類的著作，為近代散曲學術的發展奠定了堅實的基礎。

　　文獻為一切人文學術研究的基礎，這數十年間大陸出版的中國文學文獻學的著作甚多，專論曲學的則有：趙義山的《二十世

1　見楊棟：〈論開山創派的任氏學〉，《揚州大學學報》（人文社會科學版），1997年第3
　　期，頁22-27。

紀元散曲研究綜論》（上海古籍出版社，2002年7月）；苗懷明的
《二十世紀戲曲文獻學述略》（中華書局，2005年6月）兩種。這兩
種書限於體例對現代戲曲文獻家的成就，都未能作較深入的論述。

　　從清末至民國初年，可說是曲學資料整理成果最豐碩的時期，曲
學文獻學家有王國維（1877-1927）、吳梅（1884-1939）、任訥（1897-
1991）、鄭振鐸（1898-1958）、孫楷第（1898-1986）、凌景埏（1904-
1959）、盧前（1905-1951）、隋樹森（1906-1989）、傅惜華（1907-
1970）等，各有其關注點，也使曲學的研究進入一嶄新的階段。

　　當代曲學研究者雖也關注到這些曲學文獻學家，但多著重於論述
他們研究曲學的成就，對編輯整理曲學文獻的方法、得失，則往往略
而不談。以致後學要整理文獻時，往往師從無門。筆者對近代曲學文
獻家為學術犧牲奉獻的精神，頗有所感。希望能對這些曲學文獻家整
理文獻的方法、得失有所論述，這是建立曲學文獻學的奠基工作。

　　數年前，筆者到揚州參訪，住宿於揚州大學虹橋賓館，樓前有一
石碑，上書有「半塘」二字，碑旁即為池塘，知該碑石為紀念任中敏
先生而作。這數年間，筆者頗關心任氏的著作，由於這個因緣，有關
曲學文獻家的研究，就從任中敏先生開始。

　　根據筆者所編的〈任中敏先生著作目錄〉，任先生的著作可分為
詞曲、戲曲、敦煌曲、唐樂曲等類。各類的著作不少，非短時間可以
閱讀完畢。茲先從散曲文獻的研究入手。散曲文獻一向不為學者所注
意，任氏在所著《散曲概論》卷一〈書錄〉中曾感慨說：「散曲書籍
自來冷僻，購求既覺為難，借讀亦鮮其處。」[2]所以他先從散曲入手
研究，本文也先論述他整理散曲文獻的成果。將來有機會再研究他整
理的戲曲、敦煌曲、唐樂曲等方面文獻的方法和得失。

2　見任訥：《散曲概論》（上海，中華書局，1931年，《散曲叢刊》第14種），卷1，頁2
　　下，〈書錄第二〉。

第二節　不平凡的學思歷程

　　任中敏，原名訥[3]，筆名二北、半塘，江蘇揚州人。生於一八九七年（清光緒二十三年），一九九一年辭世，享年九十五歲。六歲始讀私塾，後入淮安西壩集中學，並於一九一二年考進常州第五中學。一九一五年娶妻嚴氏淑英，一九一七年春，進揚州第八中學續學至中學畢業。夏季考進天津北洋大學預科，這年不幸喪父喪妻。一九一八年，棄工從文，與揚州同鄉朱自清同時考進北京大學，當時北京大學校長是蔡元培，文學院院長是陳獨秀，中文系教授中有劉師培與曲學大師吳梅。任中敏志趣在詞曲，很得吳梅賞識。吳梅常請昆曲藝人趙逸叟教學生唱昆曲，當時梅蘭芳也跟趙學習昆曲，因此任中敏與梅蘭芳可說是同門。

　　一九一九年，任中敏和同學一道參加五四運動，圍攻趙家樓，並於天安門被捕一夜。同年，南下揚州，在二十四橋張貼激烈批判的文字。一九二〇年北大畢業。一九二一年續弦，妻程氏德平。

　　一九二二年，中敏先生在揚州第五師範、第八中學任教。一九二三年寓居蘇州吳梅家，盡讀其奢摩他室詞曲珍本，為日後詞曲研究奠定基礎。後又到江南圖書館盡覽丁氏八千卷樓藏書。[4]半年後回到揚州舊居，以三千元銀幣廣泛搜求圖書，從此在感紅室[5]潛心研究詞曲。

　　一九二五年，中敏先生在廣東大學教書，後應上海民智書局之聘任編輯。一九三〇年與妻程氏協議離婚，娶妻王志淵。一九三二年，中敏先生受聘為鎮江中學校長。一二八事變後，他領導學生，加緊抗

---

3 取《論語・里仁篇》：「君子欲訥於言，而敏於行。」之意。

4 館內小屋簡陋殘破，逢雨必漏，每遇此便張開一傘，下燃一燭，雨聲淅瀝，燭焰搖曳，而研讀不輟，刻苦向學精神，令人感佩。

5 書齋取名感紅，是為悼念原配夫人嚴淑英。

日宣傳，以其強烈的愛國心，受到師生愛戴。此後在教育界先後擔任過生活指導主任兼教國文、以及教學主任。隨後在南京棲霞山創辦漢民中學（以紀念胡漢民），盡心盡力於教育事業，澤被桃李。抗戰期間，漢民中學西撤至廣西桂林，中敏先生擔任校長，主張從嚴治校，要求學生「嚴格考試，嚴正做人」，他還提出「抗戰不勝利，不吃白米飯」來自我惕勵。

　　一九四九年之前，中敏先生主要研究北宋詞和元代北曲，故自號「二北」。他的第一部專著《蕩氣回腸曲》（上海民智書局出版）於一九二五年問世。一九三一年，編著《散曲叢刊》十五種。一九四〇年，他編輯《新曲苑》三十四種（另附自著《曲海揚波》一種），二書皆由中華書局出版。另著《詞曲通義》在商務印書館出版，還有《作詞十法疏證》、《散曲概論》、《曲諧》等，以上這些專著及編著對元代散曲有比較系統性的探討及評析。在完成了第一階段「二北」的研究之後，中敏先生已五十多歲，卻重新轉移方向，致力於唐代戲劇音樂的研究。他認為唐朝是中國文化的一個高峯，絕不可忽視。譚佛雛先生[6]祝賀任老九十壽辰時，曾有詩贊曰：「半生事業，敲鑼賣糖。」（「糖」與「唐」諧音）此後「半塘」代替「二北」成了任中敏學術的標誌。

　　一九五一年，中敏先生入四川大學任文學教授後，遭到反右鬥爭，因此二十多年他幾乎沒有上過講台，遂全心致力於研究。一九五四年接連出版《敦煌曲初探》、《敦煌曲校錄》。一九五八年，《唐戲弄》由北京作家出版社出版。這部巨著是中敏先生學術研究的代表作，其對戲劇的形成與發展，有獨樹一幟的見解，成就超越前人。一九六二年，《教坊記箋訂》由中華書局出版。

6　揚州師院中文系教授，王國維研究專家。

　　文革期間（1966-1976），他遭到政治上的打擊，但年近古稀的中敏先生，卻以其堅強的意志，不僅活存下來，而且治學不輟。在中國學術史上，這是一個蕭條的時期，任中敏卻使它成為自己學術積累的黃金時期。[7]因而使他的學術創作一直延續到九十歲耄耋之年。

　　一九七八年，中敏先生被調至北京中國社會科學院，繼續從事敦煌歌詞的研究。葉落歸根，一九八〇年夏初，中敏先生調至揚州師院中文系任教，回到闊別四十多年的故鄉，不勝感慨，其時已屆八十四歲高齡了。

　　中敏先生心志高遠，老而彌堅，回揚州後，其學術著作仍然豐碩：一九八一年，出版《優語集》（上海文藝出版社），一九八二年出版《唐聲詩》（上、下）（上海古籍出版社）。其後又出版了《敦煌曲初探》，修訂《敦煌曲校錄》。一九八九年，上海古籍出版社出版《敦煌歌詞總編》，收錄詳備，考辨精緻，是一部研究「敦煌學」的重要文獻。中敏先生後半生研究唐代音樂文藝的總系列，稱作「唐藝發微叢著八種」。一九九〇年，編輯《回甘集》，是一生學術總結的論文集。

　　正如他的學生王小盾、李昌集所說：「早在本世紀三十年代先生致力於詞曲的研究，《散曲叢刊》、《新曲苑》的編著，開闢了近代散曲學的里程。五十年代先生以『唐藝發微』的系統工程，開創了唐代音樂文藝學的嶄新領域，先生的學術研究都是開拓性、創造性的。尤其先生在研究中充分掌握資料，講究事實，不囿成見的科學創造精神，則永遠是後學治學的表率。」[8]

7　那時他住在成都焦家巷壁環村水井街一間陰暗狹小的屋子裏，白天背著裝有熱水瓶、舊日曆紙的背簍去圖書館讀書。中午就在圖書館外的階梯上，啃些餅子，再倒些開水喝，晚上整理所抄錄的資料，伏案寫作，直到凌晨。

8　見王小盾、李昌集：〈任中敏先生和他所建立的散曲學、唐代文藝學〉，《文學遺產》1996年第6期，頁104-114。

　　中敏先生是個奇人，他的學術研究也充分體現他獨特的個性。五四時期，已刻下了反傳統的印記。在學術研究上，絕不因循守舊、人云亦云。面對戲曲研究的貴族化傾向，他提出飽含民間色彩的戲劇概念。他懷疑經典，不盲目崇拜權威，所以反而矚目於通俗文學。他崇尚銅豌豆[9]性格，因此表揚具有豪放本色的元代北曲。他一再鼓勵自己的博士生說：要敢於爭鳴——槍對槍、刀對刀，兩刀相撞，鏗然有聲，這樣才能震撼讀者的心靈。因此在六十年代中期，以一個古稀老人，他曾就敦煌曲子辭的校勘和創作年代的問題，發起一場有潘重規、饒宗頤、波多野太郎等知名學者參與的國際大討論。甚至在與朋友的往來書信中，也經常貫穿激烈的學術爭論。他曾多次說過：「在中國學方面，我們理應走在外國人的前面，不能落後。」而任中敏對於敦煌學的研究，更證明：「敦煌在中國，敦煌學也在中國」。

第三節　　編輯《散曲叢刊》

　　任中敏整理曲學文獻的第一項成果是編輯《散曲叢刊》。散曲一向被視為雕蟲小技，《四庫全書總目》曾說：「厥品頗卑，作者弗貴。」[10]許多散曲作者往往窮途潦倒，作品也逐漸湮沒無聞。清末以來有王國維、吳梅、董康等人之提倡[11]，風氣稍有改變。

9　關漢卿《不伏老·南呂一枝花》：「我卻是蒸不爛，煮不熟，搥不扁，炒不爆，響噹噹的一粒銅豌豆。」

10　見永瑢等撰：《四庫全書總目》（北京：中華書局，1965年6月），卷198，集部51，頁1807。

11　王國維（1877-1927）作《宋元戲曲考》，「戲」與「曲」兼論，對認識元曲體制的淵源和形成，有重要參考價值。吳梅（1884-1939）作《南北詞簡譜》、《顧曲麈談》、《曲學通論》等書。《南北詞簡譜》為每一曲牌選定一標準格式，對其作法、聲韻、格律等有簡要說明。《顧曲麈談》、《曲學通論》二書對製曲規律、唱曲方法，

　　然而比較困難的是，散曲的資料沒有學者做較徹底的整理，亡佚者需要從各種書籍中輯集出來，尚存者需要勘正訛誤。最好能有系統的整理，並刊印成一部叢書，對提倡散曲研究應有莫大的幫助。在民國一、二十年代，這工作就落到專研散曲的任中敏身上。

　　大概從一九二一年起，任中敏就開始整理元明清曲家的散曲集[12]，這工作一直持續到一九三○年左右。任氏把整理的成果編成《散曲叢刊》，一九三一年由上海中華書局出版。計收散曲集十二種，任氏自著書三種，合計十五種。分裝成上、下函。茲將書目抄錄如下：

　　　甲、元人選本二種

　　　　1. 陽春白雪前集五卷、後集五卷、補集一卷　　楊朝英選

　　　　2. 樂府群玉五卷附錄一卷　　　　　　　　　　胡存善選

　　　乙、元人專集四種

　　　　1. 東籬樂府一卷　馬致遠撰

　　　　2. 夢符散曲二卷　喬吉撰

　　　　3. 小山樂府六卷　張可久撰

　　　　4. 酸甜樂府二卷　貫雲石、徐再思撰

　　　丙、明人專集五種

　　　　1. 沜東樂府二卷補遺一卷　康海撰

　　　　2. 王西樓先生樂府一卷　　王磐撰

　　　　3. 唾窗絨一卷　　　　　　沈仕撰

　　　　4. 海浮山堂詞稿四卷　　　馮惟敏撰

　　以及元明清作家等，均有較系統的論述。董康（1867-1947）輯刻《讀曲叢刊》，收曲學著作九種，對曲學書籍之流傳有相當之貢獻。

12 《散曲叢刊》所收明人王磐的散曲集《王西樓樂府》，書末任中敏所作的〈跋〉，所記年月為「十年四月杪」，即一九二一年四月。

　　5. 花影集四卷　　施紹莘撰
　丁、清人總集一種
　　1. 清人散曲選刊
　　　a. 朱彝尊曝書亭集葉兒樂府一卷
　　　b. 厲鶚樊榭山房集北樂府小令一卷
　　　c. 吳錫麟有正味齋集南北曲一卷
　　　d. 許光治江山風月譜散曲一卷
　　　e. 趙慶熺香消酒醒曲一卷
　　　附錄：洄溪道情一卷　　徐大椿著
　戊、論說三種
　　1. 作詞十法疏證一卷　　（元）周德清原著　任訥疏證
　　2. 散曲概論一卷　　　　任訥著
　　3. 曲諧四卷　　　　　　任訥編著

為讓讀者能方便了解全書的內容，各書前都有提要。書末依各書情況
不同，有附跋、校記、附錄、後記等。可見任氏輯集此套叢書時所費
的心思。

　　由於這套《散曲叢刊》所收各書的情況各不相同，所以整理方法
也相差很多，但仍可將任氏整理的方法歸納為數種：

　　第一，曲集尚存，有刻本或殘本者。如楊朝英的《陽春白雪》，
任氏整理時，以丁氏八千卷樓所藏之刊本為主，用殘元刊本補足，再
用元明以來曲書二十餘種作為校訂的輔本。

　　第二，曲集已佚，根據前人輯本整理。如喬吉的散曲集在元代名
《惺惺道人樂府》，《樂府群玉》曾據以選錄。喬氏的曲集明代失傳，
李開先輯得《喬夢符小令》，另有明無名氏輯《文湖州集詞》。任氏從
《樂府群玉》中將喬氏的散曲輯出，再以李開先、無名氏的輯本補足。

　　第三，曲集已佚，根據各種選本輯集成書。明人沈仕的曲集失傳已久，任氏根據七種選本輯得小令七十四首，套曲十二首，名為《唾窗絨》一卷。

　　第四，原無曲集，從各種散曲選本輯集成書。如貫雲石、徐再思本無散曲集，任氏就元明選本輯得貫雲石所作小令八十六首，套曲九首；徐再思所作小令百零四首。因貫雲石號酸齋、徐再思號甜齋，所以將兩人之散曲集稱為《酸甜樂府》。

　　第五，刪除曲集書後不相干的文字。如馮惟敏《海浮山堂詞稿》書末原附有《梁狀元不伏老玉殿傳臚記雜劇》、《僧尼共犯傳奇》兩種戲曲，以其與散曲無關，故刪除。施紹莘《花影集》原為五卷，第五卷為詩餘。任氏以其與散曲無關，故加以刪除。

　　第六，將單獨成書之曲集編為一書。任氏將清人之散曲集六種編為一書，名為《清人散曲選刊》，書末附徐大椿之《洄溪道情》。

　　不論各書是用那一種方法整理而成，任氏都作了詳細之校勘，部分作成「校記」，附於書末。此書編者輯集整理時的用心，也可從曲學大師吳梅的話看出來，吳氏云：

> 《酸甜樂府》，元人僅有此稱，而實無是書也。《唾窗絨》一種，又僅見梁伯龍《江東白苧》所稱引，樊榭一跋，雅有微詞。顧自乾嘉以後，久已亡失也。中敏編繙群籍，晨鈔暝書，舟車所至，撰錄不輟，雖甄集所及，未知與原書何若，而用力之勤之久，不獨可繼臨桂、歸安為三，且儼然孫毅、馬國翰矣。[13]

13 吳梅：〈散曲叢刊序〉，見任訥編：《散曲叢刊》卷首。吳氏〈序〉所提到的「臨桂」，指清末四大詞家中的王鵬運（1849-1904）。王氏祖籍為浙江紹興，先人游宦廣西，遂為臨桂（今桂林）人。曾匯刻自《花間》以迄宋、元諸家詞為《四印齋所刻詞》，校刊精審，詞家有「校刊之學」，始自王鵬運。「歸安」，指清末四大詞家的朱

這裡褒獎任氏輯集《酸甜樂府》、《唾窗絨》的貢獻，和明末輯集《古微書》的孫瑴、晚清輯集《玉函山房輯佚書》的馬國翰相等同。可見吳梅肯定任氏整理散曲文獻的成就。

任氏的《散曲叢刊》確實對整理散曲文獻有相當的貢獻，也得到吳梅等學者的好評。但也有許多不足的地方，茲說明如下：

第一，收錄散曲集太少：所收曲集僅元人四種，明人五種，清人六種（合為《清人散曲選刊》），合計十五種，對想研究散曲的學者來說，資料顯然不足。

第二，所作校記有訛誤者：如《陽春白雪》後有任氏的校記八十五條，除對各卷中令套有所改正外，有補入《四塊玉・遊賞》七首。任氏以為這七首是劉逋齋（劉時中）所作。其實〈看野花〉、〈佐國心〉兩首，就是馬致遠的散曲，任氏可謂百密一疏。[14]

第三，選刊清人散曲，有相當主觀成分：未收入的重要曲家有尤侗的《百末詞餘》一卷；劉熙載《昨非集》；徐石麒的《黍香集》三卷；吳綺的《林蕙堂全集》；吳藻《香南雪北詞》，書末附有散曲；沈謙《東江草堂集》；蔣士銓《忠雅堂詞集》；吳漁山《天樂正音譜》等。這些曲家和作品，任氏為何不收，並沒有說明。[15]

第四節　編輯《新曲苑》

從元代起，學者開始撰寫有關戲曲理論和戲曲史料的著作。至清

祖謀（1857-1931）。朱氏為浙江歸安（今湖州）人。曾校輯唐、五代、宋、金、元人詞總集五種，別集一百七十四種為《彊村叢書》。孫瑴為明末輯佚學家，輯有《古微書》。馬國翰（1794-1857）為清中葉輯佚學家，輯有《玉函山房輯佚書》。

14 羅錦堂：〈讀曲紀要〉，收入羅氏著：《錦堂論曲》（臺北：聯經出版事業公司，1977年3月），頁528-571。所引論點見頁530。

15 羅錦堂：〈讀曲紀要〉，《錦堂論曲》，頁548。

代末期，可說已累積到數十種。為了保存戲曲文獻，且方便讀者檢
閱，從民國初年以來就有學者將這一類的書編輯成一套叢書，茲將任
中敏之前已編輯完成的叢書稍作介紹：

　　首先是董康輯刻的《讀曲叢刊》。該書別題《誦芬室讀曲叢刊》，
一九一七年出版。收錄古典戲曲資料書九種：

（1）（元）鍾嗣成《錄鬼簿》

（2）（明）徐渭《南詞敘錄》

（3）（明）徐渭《舊編南九宮目錄》

（4）（明）徐渭《十三調南曲音節譜》

（5）（明）騷隱居士《衡曲麈談》

（6）（明）魏良輔《曲律》

（7）（明）王驥德《曲律》

（8）（明）沈德符《顧曲雜言》

（9）（清）焦循《劇說》

　　接著，是一九二一年陳乃乾編成《曲苑》，由古書流通處印行。
共收十四種古典戲曲著作。除鍾嗣成《錄鬼簿》、王驥德《曲律》二
書外，有七種是根據董康的《讀曲叢刊》影印。另外又收錄七種：

（1）（明）梁辰魚《江東白苧》

（2）（明）呂天成《曲品》

（3）（清）高奕《新傳奇品》

（4）王國維《曲錄》

（5）（清）李調元《雨村曲話》

（6）（清）支豐宜《曲目表》

（7）（清）梁廷枏《籐花亭曲話》

　　一九二五年陳乃乾將《曲苑》重編，刪去王國維《曲錄》，增收
七種，共收二十種，仍由古書流通處印行。新增的七種是：

（1）（元）周德清《中原音韻》

（2）（元）鍾嗣成《錄鬼簿》

（3）（明）王驥德《曲律》

（4）（明）沈寵綏《度曲須知》

（5）（清）楊恩壽《詞餘叢話》

（6）王國維《戲曲考原》

（7）董康《曲目韻編》

　　除上述三書外，上海聖湖正音學會所編輯的《增補曲苑》，是根據古書流通處印本《曲苑》、《重訂曲苑》，再加以增訂，一九三二年六藝書局出版。全書共收二十六種，即將《曲苑》和《重訂曲苑》中刪去明梁辰魚的《江東白苧》、清支豐宜的《曲目表》、元周德清的《中原音韻》、明沈寵綏的《度曲須知》四種。再增加九種，即：

（1）（唐）段安節《樂府雜錄》

（2）（唐）南卓《羯鼓錄》

（3）（宋）王灼《碧雞漫志》

（4）王國維《唐宋大曲考》

（5）王國維《古劇腳色考》

（6）王國維《優語錄》

（7）王國維《錄曲餘談》

（8）王國維《宋元戲曲考》

（9）王季烈《曲談》

　　其實，以上所述各書在編輯時雖迭有增加，但重複的書也不少。就讀者來說，每次重訂或增訂，因增入數種書，為求全必須重新購買，但又因太多重複，不免感到苦惱。且這幾部叢書所收各書，從書名大抵可看出與戲曲有關，要蒐集編輯成一叢書，並沒有太多的困難。任中敏編輯《新曲苑》，所收三十四種資料，與前人所編幾套叢

書之子目，幾乎毫無重複，任先生何以能蒐集這麼多前人不曾注意的資料？現在，先看看這部書的目錄和每一書所根據的原書名稱：

  （1）《唱論》（《陽春白雪》）　　　　　　　　（元）芝菴

  （2）《中州樂府音韻類編》（《太平樂府》）　　（元）卓從之

  （3）《輟耕曲錄》（《南村輟耕錄》）　　　　　（元）陶宗儀

  （4）《丹邱先生曲論》（《太和正音譜》）　　　（明）朱權

  （5）《四友齋曲說》（《四友齋叢說》）　　　　（明）何良俊

  （6）《王氏曲藻》（《藝苑巵言》）　　　　　　（明）王世貞

  （7）《三家村老曲談》（《花當閣叢談》）　　　（明）徐復祚

  （8）《少室山房曲考》（《少室山房筆叢》）　　（明）胡應麟

  （9）《堯山堂曲紀》（《堯山堂外記》）　　　　（明）蔣一葵

 （10）《周氏曲品》　　　　　　　　　　　　　（明）周暉

 （11）《梅花草堂曲談》（《梅花草堂筆談》）　　（明）張元良

 （12）《客座曲語》（《客座贅語》）　　　　　　（明）顧啟元

 （13）《程氏曲藻》　　　　　　　　　　　　　（明）程羽文

 （14）《九宮譜定總論》（《九宮譜定卷首》）　　（明）東山釣史

 （15）《太霞曲語》（《太霞新奏》）　　　　　　（明）顧曲散人

 （16）《製曲枝語》（據《昭代叢書》）　　　　　（清）黃周星

 （17）《笠翁劇論》（《閒情偶寄》）　　　　　　（清）李漁

 （18）《南曲入聲客問》（據《昭代叢書》）　　　（清）毛先舒

 （19）《在園曲志》（《在園雜志》）　　　　　　（清）劉廷璣

 （20）《大成曲譜論例》（《九宮大成譜卷首》）　（清）周祥鈺

 （21）《易餘曲錄》（《易餘籥錄》）　　　　　　（清）焦循

 （22）《樂府傳聲》　　　　　　　　　　　　　（清）徐大椿

 （23）《雨村劇話》（據傳抄《函海》本）　　　　（清）李調元

（24）《艾塘曲錄》（《揚州畫舫錄》）　　　　　（清）李斗

（25）《書隱曲說》（《書隱叢說》）　　　　　　（清）袁棟

（26）《兩般秋雨盦曲談》（《兩般秋雨盦隨筆》）　（清）梁紹壬

（27）《北涇草堂曲論》（《北涇草堂外集》）　　　（清）陳棟

（28）《京塵劇錄》（《京塵雜錄》）　　　　　　（清）楊掌生

（29）《曲概》（《藝概》）　　　　　　　　　　（清）劉熙載

（30）《中州切音譜贅論》　　　　　　　　　　（清）劉禧延

（31）《曲海一勺》　　　　　　　　　　　　　（清）姚華

（32）《曲稗》（《清稗類鈔》）　　　　　　　　（清）徐珂

（33）《菉猗室曲話》　　　　　　　　　　　　（清）姚華

（34）《霜厓曲跋》　　　　　　　　　　　　　（清）吳梅

　　附　曲海揚波　　　　　　　　　　　　　　任二北

從這份書目可以看出幾點特色：第一，所收三十四種書目，與前人所編之《讀曲叢刊》、《曲苑》、《重訂曲苑》、《增補曲苑》等書，幾無一種重複，因此，任氏將書名定為《新曲苑》。第二，所錄各書之資料，大多是從某書中裁篇而來，可說把文獻學上的裁篇理論發揮到極致，也可以看出任氏讀書之廣博精細。像元陶宗儀的《南村輟耕錄》、明何良俊的《四友齋叢說》、明胡應麟的《少室山房筆叢》、明蔣一葵的《堯山堂外記》、明顧啟元的《客座贅語》、清劉廷璣的《在園雜志》、清陳棟的《北涇草堂外集》等，從書名是看不出有任何曲學的資料。因為任先生讀書既多又細心，所得自與前人不同。第三，由於所收三十四種書目，大多是從各種古書中裁篇而來，等於曲學文獻資料彙編的雛型，對後人編輯戲曲資料彙編，有不少助益。第四，書末所附任氏自編的《曲海揚波》六卷，是從宋、元以來一百四十一種筆記中「爬羅剔抉而來」的曲學相關資料。此書的編輯方法更接近後來的曲學或戲曲研究資料彙編，更可看出任氏勤於讀書的成果。

　　雖然，葉德均作〈關於新曲苑〉一文，對任氏所編《新曲苑》則有相當嚴苛的批評。歸納葉氏的論點有五：其一，葉氏將《新曲苑》所收之書三十五種，分為五類，以為「全書所錄雖有三十五種之多，稀見者極少（多為通行本），而珍異史料則更少，其中且有若干種殊無輯錄之必要者」。其二，將諸書中的論曲文字裁篇而出，方便讀者使用，立意甚佳，但並未註明原書卷數、版本，有時未利用較古之版本。其三，各書中的戲曲材料，頗有漏輯者。其四，所收作曲、度曲、曲韻諸種，對治曲史者，一無用處。其五，任氏所編《曲海揚波》，內容蕪雜，一如蔣瑞藻《小說考證》。[16]

　　關於這幾點批評，如第一點，是因為之前董康已輯有《讀曲叢刊》，陳乃乾輯有《曲苑》、《重訂曲苑》，任氏為了不跟這幾種書重複，才選了這三十四種（扣除自編一種），關於這一點，《新曲苑》雖沒明講，但是是可以推知的。至於第二、三點，疏忽在所難免。且未明說卷數為歷來文人的習慣，從俗雖然不方便，但恐非大惡。第四、五點，乃見仁見智之言，不必花時間駁論。

　　葉氏對《新曲苑》的嚴苛批評，讓人覺得該書一無是處。但葉氏說：「所引近人筆記，如《然脂餘韻》、《能靜居筆記》、《眉廬叢話》、《花簾塵影》、《綠天清話》、《藥裹慵談》等，我在編《小說考證》引書索引時，遍查這幾書的作者，都毫無所得，不意在《曲海揚波》中找到，這也可補《小說考證》之失。」[17]

　　葉氏認為《新曲苑》的《曲海揚波》對他的工作有幫助，其他人因研究性質不同，或許也能從《新曲苑》得到些許好處，這恐怕不是葉氏所能意料得到的事。

16　葉德均：〈關於新曲苑〉，收入葉氏著：《戲曲小說叢考》（北京：中華書局，1979年），卷上，頁462-477。

17　葉德均：〈關於新曲苑〉，《戲曲小說叢考》，卷上，頁469。

第五節　整理散曲書目和作家

任中敏以「任二北」之名在《東方雜誌》二三卷七期（1926年4月10日）發表《散曲之研究》，在二四卷五、六期，又發表《散曲之研究續》（1927年3月10日、25日）。後來，將這三次發表的文章，加以增補，改名為《散曲概論》，於編輯出版《散曲叢刊》（上海：中華書局，1931年）時，將該書編為第十四種。

《散曲概論》有兩卷，線裝兩冊，卷一為序說、書錄、名稱、體段、用調、作家六小節；卷二為作法、內容、派別、餘論四小節，合計十小節。最能看出任氏整理歷代散曲之著作和作家之貢獻的是「書錄第二」和「作家第六」。

要了解各時代散曲著作的情況，一定要先有個著作目錄，但編輯一份目錄，要從哪裡入手並不是那麼容易，更何況散曲書籍，自來不受重視，散失亡佚者多，倖存者流傳又不廣。任氏將所見和所知的散曲書目編成一份完整的書錄，他描述編輯的方法說：

> 茲所勉為著錄者，一乃曾經考見部分，列在前，凡選著之人，卷數、刊本、年代，悉詳備焉。一乃粗識名目部份，列在後，選著之人各項，不能備具，因未曾寓目，但知舊有此書耳。淺陋疏略，誠不能免，特以自來專門彙錄此等書名者尚未有人，姑從草創，徐圖補正也。[18]

任氏將知見的書分成兩部分，一是「曾經考見部分」，著錄在前，目錄項較齊備；二是「粗識名目部分」，列在每一類之後，目錄項不太

---

18 見《散曲叢刊》卷1，〈書錄第二〉，頁2下。

完備。這一書錄將所收書籍分為「選集」、「別集」兩大類，數量相當多，無法一一列舉，首先是選集部份，元代收十六種，明代收三十五種。目錄之後，是對目錄所作之說明，如目錄中有《樂府群玉》，與《樂府群珠》之關係如何，任氏說明云：

> 《樂府群玉》、《樂府群珠》，疑皆為胡存善所編。因《錄鬼簿》之敘存善有曰：至於《群玉》、《群珠》，裒集諸公所作，編次有倫，此數語不無線索也。[19]

此引鍾嗣成《錄鬼簿》的說明，來證明《樂府群玉》、《樂府群珠》是胡存善所編兩種不同的選集，故分別著錄。

別集部分，元人的著錄十九種，明人一百零二種，清人五種。目錄之後將有特別情況的別集提出說明。對明人的別集為何有一百零二種，任氏也說：「明人專集，上文所列已多，足見明人於此業之勤。」[20]至於清人何以只有五種，任氏也說：「清人散曲，則專集特少，而為詩文詞集後之附載者居多。」[21]

這份散曲「選集」和「別集」目錄，也許尚有待補正的地方，但有目才能求書，有書才能作整理、研究。散曲學能成為一門獨立的學問，任中敏的貢獻從這裏也可得知一二。

至於「作家第六」為考訂元明清三代的散曲作家。任氏說：

> 曲家大抵為潦倒文人，既鮮知遇於當時，復少顯揚於後世，作劇曲者然，作散曲者又何獨不然。且散曲篇幅簡短，更易於遺

---

19 《散曲叢刊》卷1，〈書錄第二〉，頁5上。
20 《散曲叢刊》卷1，〈書錄第二〉，頁11下。
21 《散曲叢刊》卷1，〈書錄第二〉，頁11下。

> 佚，而作者興到弄筆，往往隨作隨歌，隨歌隨棄，不甚愛惜。
> 蓋初不欲藉此以沽名也。於是履貫既多模糊，姓字亦漸湮沒，
> 篇章零落，人物消沈，歷覽詞場，莫此為甚。[22]

任氏以為當時的社會和散曲作者本身，並不重視散曲這種小曲，因
此，作者事蹟模糊，名字湮沒，作品也逐漸亡佚。

任氏從當時各種散曲的選集，文人的別集等書中錄出各代的散曲
作家，如元代的：

1. 有專集或詩文詞後附集者十八人。
2. 據殘元本《陽春白雪》姓氏表增補者六十五人。
3. 據十卷本《陽春白雪》增補者六人。
4. 據《太平樂府》增補者四十二人。
5. 據《樂府群玉》增補者七人。
6. 據《樂府新聲》增補者兩人。
7. 據《錄鬼簿》增補者十人。
8. 據《詞林摘艷》增補者十七人。
9. 據《雍熙樂府》增補者一人。
10. 據《北宮詞紀》增補者三十人。
11. 據《太和正音譜》增補者一人。
12. 據《北詞廣正譜》增補者八人。
13. 據《曲家姓字小典》增補者二十人。

合計元代散曲家有二百二十七人。

至於明代的散曲家，蒐尋的方法也和元代相近，即先錄出有專集
和詩文詞集有附集者，作為基礎，再查各書作增補。

---

22 見《散曲叢刊》，卷1，〈作家第六〉，頁39下。

1. 有專集或詩文詞後附集者六十八人。
2. 據《詞林摘艷》增補者三十三人。
3. 據《雍熙樂府》增補者三人。
4. 據《南詞韻選》增補者十三人。
5. 據《北宮詞紀》增補者四十四人。
6. 據《南宮詞紀》增補者四十人。
7. 據《詞林逸響》增補者十四人。
8. 據《太霞新奏》增補者二十一人。
9. 據《青樓韻語廣集》增補者十七人。
10. 據《吳騷合編》增補者十六人。
11. 據《北曲拾遺》增補者四人。
12. 據《北詞廣正譜》增補者四人。
13. 據《曲家姓字小典》增補者五十三人。

以上所錄明人散曲家三百三十人。至於清代的散曲家，既無選本，也無記載的專書，須從詩文詞集和筆記雜書中審檢，任氏從《清人散曲雜鈔》、《曲家姓氏小典》錄出的有：有專集或詩文詞後附集十六人、據《曲家姓氏小典》增補五十八人。合計清代散曲家有七十四人。

　　有了此一名錄，才能了解他們的生平事蹟，再進一步作作品的分析研究。任氏所做的工作，為各朝各代的散曲研究，奠定了堅實的基礎。後來學者編《全元散曲》、《全明散曲》、《全清散曲》，大多受惠於任中敏先生。

第六節　小結

　　根據前文所作的論述，我們對任氏整理散曲文獻的方法和得失，可歸納為下列數項：

　　其一，任氏整理曲學文獻的第一項成果是編輯《散曲叢刊》。該書元人選本二種、元人專集四種、明人專集五種、清人總集一種、論說三種、合計十五種。有不少元、明專集，是任氏從各種選本中輯錄出來，再編纂成書。雖然有學者嫌收錄曲集太少，但如果仔細了解各種取集成書的過程，應能從這十餘種書中得到不少啟發。

　　其二，任氏整理曲學文獻的第二件大事是編輯《新曲苑》。該書收曲學著作三十四種（附自著《曲海揚波》一種），與前人所編《讀曲叢刊》、《曲苑》、《重訂曲苑》、《增補曲苑》等叢書所收子目幾無重複，其中有十餘種為從元明清人之筆記著作中裁篇而出。《新曲苑》不但可以看出任氏讀書的廣博和用心，更可以作為後人編輯曲學資料彙編的範例。雖然有學者對該書作相當嚴苛之批評，但並不影響該書在曲學研究的價值。

　　其三，元明清三代的曲學家和曲集有多少，在任氏作整理之前，學者並不曾徹底研究過。因此，要論述各時代散曲發展演變，也相當困難。任氏對此一問題，作了相當深入的研究，整理出元人別集十九種，明人一百零二種，清人五種。至於曲家，元代有兩百二十七人，明代有三百三十人，清代有七十四人。這些曲家和作品集的整理，也為後人編輯《全元散曲》、《全明散曲》、《全清散曲》作了鋪路的工作。

　　本文的論述，著重於《散曲叢刊》、《新曲苑》和《散曲概論》中整理樞收錄和作者整理的方法和過程，至於《楊升菴夫婦散曲》，因整理的方法和《散曲叢刊》所收之曲集方法近似，不另外立論。《元曲三百首》的得失，則將來再作研究。

第五章
鄭振鐸整理戲曲文獻的貢獻

第一節　前言

　　如果要找出一位對中國戲曲最有貢獻的學者的話，鄭振鐸應是其中最重要的人選。他出身於一個貧寒的家庭，當大家都到北京去求學的時候，他選擇報考交通部所屬的北京鐵路管理學校，因為這間學校不收學費，而且畢業後就可分派工作。很有趣的是，他上的是英文班，所以有機會接觸外文，讀了很多外文書籍。他嗜書如命，隨時都在收藏典籍，尤其是小說戲劇的著作最多。他的總藏書量大約十多萬冊，約為顧頡剛的兩倍。一九五八年十月他飛機失事過世後，家人遵照他的遺志，將所有藏書都捐給國立北平圖書館（即現在的國家圖書館）。他除了蒐書、買書、編書的興趣之外，研究學問也有輝煌的成果。根據他的著作加以分析，他研究學問大概有下面幾個方向：一、中國文學史的研究；二、中國小說戲曲的研究；三、俗文學的研究；四、版畫的研究；五、兒童文學的研究；六、外國文學的研究。其中以戲曲的研究最受到關注，所編的叢書有《清人雜劇初集》、《清人雜劇二集》、《孤本元明雜劇》，還有他主編策畫的《古本戲曲叢刊》，雖未全部出版，但已出版者對戲曲研究已有巨大的貢獻。我們今天能夠很順利地利用這些戲曲典籍，都要歸功於鄭振鐸的努力。

第二節　苦心蒐集戲曲文獻

　　知識份子大都是愛書人，但像鄭振鐸這樣「嗜書如命」的讀書人並不多見。鄭氏自述他：

> 搜訪所至，近自滬濱，遠逮巴黎、倫敦、愛丁堡。凡一書出，為余所欲得者，苟力所能及，無不竭力以赴之，必得乃已，典衣節食不顧也。[1]

買書買到這種地步，現在人看起來覺得未免過分，但是他卻樂在其中。可惜後人未能克紹箕裘，所以到第二、三代，書就逐漸亡佚了。他又在〈永在的溫情〉一文中說：

> 我的所藏的書，一部部都是很辛苦地設法購得的；購書的錢，都是中夜燈下疾書的所得或減衣縮食的所餘。一部部書都可看出我自己的夏日的汗，冬夜的淒慄，有紅絲的睡眼，右手執筆處的指端的硬繭和痠痛的右臂。[2]

這段話說他購書非常的辛苦，購書的錢是晚上燈下寫稿的稿費，甚至節衣縮食來買書，以致一家數口的生活費有時也毫無著落，他只好把嗜之如命的書賣出去。

　　他有〈售書記〉一文，描述他售書換米的淒楚心情。[3]

1　見鄭振鐸〈劫中得書記序〉，收入《鄭振鐸文集》（北京市：人民文學出版社，1988年6月）第七卷，頁433。

2　鄭振鐸〈永在的溫情〉，收入《鄭振鐸文集》（北京市：人民文學出版社，1983年9月）第三卷「集外」第一輯中。

3　〈售書記〉，收入《鄭振鐸文集》第三卷「蟄居散記」中。

　　他蒐集圖書並不限於國內，也遠至國外，最受矚目的是歐洲英法之行，民國十六年六月他先到達巴黎，第二天就到法國國家圖書館去看中文書，發現有不少書是中國沒有的，因此在那裡整整看書看了兩個多月。八月再轉往英國，並在大英博物館發現有劉知遠諸宮調刻本，它是現存最早的戲曲刻本，讓他高興得全身顫抖。他將在法國訪書的心得寫成〈巴黎國家圖書館中之中國小說與戲曲〉，發表在《小說月報》第十八卷十一期（民國16年11月10日出版），引起國內外學者的重視。此文分為長篇小說、短篇小說、戲曲、其他四個部分。戲曲的部分雖然不多，但所介紹的都是海內外孤本或罕傳本。

　　鄭振鐸將所藏的曲本編成《西諦所藏善本戲曲目錄》（民國年間來青閣書莊藍印本），此書重現了鄭氏蒐集刊本的特色，全書分為：

（一）雜劇之部

　　　　明本，扣除《元曲選》、《古今名劇合選》、《盛明雜劇》三種，收十六種。
　　　　清本，扣除《雜劇新編三十三種》，收二十七種。
　　　　鈔本，收兩種。

（二）傳奇之部

　　　　明本，扣除《玉夏齋傳奇》、《汲古閣六十種曲》，收六十六種。
　　　　清本，收八十九種。
　　　　鈔本，收一百零一種。

（二）曲選之部

　　　　明本，收八種。
　　　　清本，收兩種。
　　　　鈔本，收五種。

（三）曲譜之部

明本，收六種。

清本，收十種。

鈔本，收三種。

（四）曲話曲目之部

明本，收五種。

清本，收三種。

鈔本，收四種。

（五）補遺

明本，收四種。

清本，收兩種。

鈔本，收六種。

從這本《目錄》所收的劇本，我們可以知道：第一，《清人雜劇初集》收曲本四十四種，《清人雜劇二集》收四十種，合計八十四種。比本《目錄》所收清人雜劇二十七本，多出很多，多出來的曲本是否非善本，這問題值得研究。第二，收錄《西廂記》有十一種之多，可見鄭振鐸很重視《西廂記》的版本。本《目錄》所收《西廂記》各種版本如下：

1. 重刻元本題評音釋西廂記二卷四冊

2. 全像註釋西廂記二卷四冊

3. 王李合評北西廂記

4. 北西廂記二卷四冊

5. 古本校注西廂記四卷八冊

6.陳眉公評北西廂記二卷一冊

7.西廂五劇四冊

8.訂正元本批點西廂記二冊

9.田水月評西廂記二卷二冊

10.李卓吾真本西廂記二卷二冊

11.六幻西廂記八冊

有這麼多版本，才能滿足學者研究的需求。鄭振鐸常說，他藏書是為研究之用，從他兼收《西廂記》各種版本，就可以看出他說的是真話。

　　鄭振鐸蒐集那麼多的曲本，並不像古代的藏書家把它當文物來炫耀。他一搜到某一曲本，就用心校對，校完之後往往寫上題跋，編成叢書，以免文獻資料再亡佚，還可以化身千萬。譬如《孤本元明雜劇》，這是一套了解元明雜劇內涵的重要著作，所以鄭振鐸請王季烈來做校對的工作，當時擬了一個〈校例〉，資抄錄如下：

　　　──是書為錢遵王也是園舊藏，今擇其久未行世者，刻本六
　　　　種，抄本一百三十八種，一律以聚珍鉛字排印。

　　　──全書次序，仍依錢氏目錄，首元人所撰，次無撰人姓名可
　　　　確定為元人所撰者，次明人所撰，次歷朝故事，次古今雜
　　　　傳，次釋氏神仙，而以教坊所編演者殿於後。其原編間有
　　　　不合者，如《十樣錦諸葛論功》、《關雲長大破蚩尤》，均
　　　　屬宋朝事實，原錄誤列三國故事，今已訂正。

　　　──原本行式參差，曲白句讀，概無標點，今一律以單圈斷
　　　　句，版式畫一，其為明刻善本，分有正襯者，悉仍舊貫。

　　　──原本有四十種，楔子折數，均不分析，今一一為之增補。
　　　　又有二本，楔子誤併入第一折中，今亦校正之。

　　　──原本做科云唱，詳略不一，今加以整理，較若畫一，俾讀

者易於明瞭。[4]

可見鄭振鐸對古代劇本的校勘非常重視，另外，鄭振鐸也請王季烈為
《孤本元明雜劇》的每一劇本寫跋，試舉關漢卿《陳母教子》為例：

> 原標狀元堂陳母教子，明抄本，元關漢卿撰。記陳母三子一
> 女，長子陳良資應舉得狀元，次科次子陳良叟應舉又得狀元，
> 三科三子陳良佐應舉得探花，而誤報狀元，狀元實為王拱辰所
> 得，陳母乃以女嫁之，其下科良佐又往應舉，果得狀元，於是
> 三子一婿皆得狀元，寇萊公奉命封陳母為賢德夫人。曲文平
> 平，關目亦未足動人，按金末科目甚寬，至元初驟停科舉，及
> 皇慶二年而始復，其間無狀元者且八十年。漢卿生於斯時，殆
> 以不得科名為憾，有所歆羨而為茲劇歟，否則此等文字，大可
> 不作也。[5]

從以上所引的〈校例〉和王季烈所作的〈跋〉，可以知道鄭振鐸在整
理曲學文獻時是有一套完整的流程，作校勘時要根據〈校例〉來行
事，寫作跋語時雖沒有明文規定，但是什麼是好的跋語，他們自是了
然於胸。所以，鄭振鐸所編輯出版的叢書都得到很好的評價。

又如《清人雜劇初集》和《清人雜劇二集》，所以要編這兩部
書，是因為清人雜劇最不受人重視，所以把所藏清人雜劇全部影印出
來，供學界研究使用，實有提倡學術風氣之意。（本章第五節「編輯
戲曲叢書以保存文獻」將詳細討論）

---

4 見《孤本元明雜劇》（長沙市：商務印書館，民國30年4月），卷首。
5 見《孤本元明雜劇》，王季烈〈跋〉。

第三節　為戲曲文獻撰寫題跋

　　本來題跋文字，題是寫在前面，跋是寫在後面的。但鄭振鐸《西諦書跋》這裡的跋，是指寫在前面和後面的文字來說的，因為都是寫在書上，所以一律叫做書跋。元代以前不太用跋這字，到明代才逐漸多起來。民國時期像吳梅、盧前、隋樹森、鄭振鐸都喜歡在劇本上寫跋，像鄭振鐸的跋，經史子集都有，共有一千多條。這本《西諦書跋》收錄了鄭振鐸十萬冊藏書中所寫的跋文。

　　說到這本書成書的經過，就讓人覺得傷心。一九五八年鄭振鐸搭飛機出事後，沒留下一句遺言。但根據他平常所說的：「我死後這些書都是國家的」，因此家屬就把這些書都捐給國立北平圖書館（即中國國家圖書館）。有一天，鄭振鐸最親近的學生吳曉鈴到他家去拜訪，告訴師母說：「師母，我想把先生的全部題跋搜集起來，編成一書，不知妳的意見怎樣？」師母當然喜出望外。不久工作就開始了，吳曉鈴花了兩年多的時間，每天擠公車到圖書館，把跋文抄錄下來，再請師母重謄一遍，以便格式統一。文革期間，紅衛兵到鄭振鐸家中查抄兩次，都沒被搜走，大概是因為有毛澤東所頒「鐵卷丹書」的緣故。[6] 文革後，又拖延了好久，一九九八年這本《西諦書跋》才正式出版。

　　《西諦書跋》共分為七卷，卷七雜劇傳奇，下又分十幾類：

（一）元明雜劇總集

1. 古今雜劇存二百四十二種二百四十二卷。
2. 古雜劇存二種二卷。

6　參見鄭爾康著〈一部歷經浩劫而倖存的書稿——《西諦書跋》後記〉，收入《西諦書跋》（北京市：文物出版社，1998年11月），下冊，頁639-647。

古今雜劇的跋文長達五十七頁，實不合跋文的體制，跋文既書寫在書本、碑帖、字畫的空白處，大都是短篇小文，哪有那麼大的空白，可以寫這麼長的跋文，簡直不像跋文，反而是長篇論文。

（二）清代雜劇總集

1. 雜劇新編存三十三種三十三卷附陌花軒雜劇一卷。
2. 清人雜劇初集四十種。
3. 清人雜劇二集四十種。

清人雜劇初集的跋，長度適中，是一般認為比較標準的跋文：

> 《清劇初集》之告成，為功非易！發願刊行，蓋在五載之前，規畫出版，亦近一年。典書為活，碌碌少暇，而事此不急之務，雖云結習難忘，未免落伍貽譏矣。然時代之生活歷史，留痕於文藝作品者最深且真，刊布罕見之作，其作用蓋不獨有裨於文藝研究者已也。且劇曲之探討，為時最晚；得書之難，尤為學人所共歎。年來劇集間有流通，大抵偏重古作，於時代最近之清劇，乃甚有措意及之者。然三百年來，明雋之篇不少，即淺凡之什，亦往往足窺時代之內蘊。全刊清劇，意蓋在斯。留此最後之結集，恣學人施妍嫿之評判，究世運之升沉，亦一快事也。亦更有進者，雜劇薄帙孤行，亡逸最易，既竭搜輯之勞，自無妨更盡流通之責，好事之訶，所不任也。再，陳桂生先生為本集迻寫題跋不少，前此例言漏未道及，應附此志謝，兼表歉忱。
>
> 中華民國二十年三月二十三日本集印成，長樂鄭振鐸跋。[7]

---

7 見《西諦書跋》胡適〈序〉

這是民國二十年三月所作的跋，後面附有《西諦書跋》編者吳曉鈴的按語。

鄭振鐸編《清人雜劇二集》的跋語，茲錄之如下：

> 方《清劇初集》出版時，《二集》即已編就待印。數年來，人事倥傯，屢經大變，無復有閒情及此。然所見乃益廣。洪昉思之《四嬋娟》劇，初以為終不可得者，竟亦得之於陳乃乾先生許。海寧朱氏舉所藏劇曲，歸之北平圖書館，中亦有清劇二十餘種，足以增益我書。於是《二集》所錄，乃較擬目有所變易。棄去若干比較易得之作，而益以昉思、幼舒諸氏之稿本。斯類未刊之稿本，少縱即逝，固不能不亟為之傳布於世也。[8]

（三）雜劇別集

所謂〈雜劇別集〉，是指個別劇作家的作品集，也就是雜劇的別本。

1. 元代雜劇別集

  收新刊關目《詐妮子調風月》雜劇一卷等十二種。

2. 明代雜劇別集

  收楊東來先生批評《西遊記》六卷等三種。

3. 清代雜劇別集

  收《龍舟會》雜劇一卷四折等三十二種。

其中，元雜劇別集部分，收有七種不同的《西廂記》雜劇，其目如下：

1. 元本出相北西廂記雜劇　　（元）王德信撰　王世貞、李贄評
2. 重刻訂正元本批點畫意北西廂雜劇　五卷　　（元）王德信撰　（明）徐渭評

8　見《西諦書跋》，下冊，頁531。

3. 李卓吾先生批點西廂記真本雜劇　存一卷　（元）王德信撰
　　（明）李卓吾評

4. 新校注古本西廂記雜劇　六卷　（元）王德信撰　（明）王驥德
　　校訂

5. 北西廂記雜劇　五卷　（元）王德信撰

6. 硃訂西廂記雜劇　二卷　（元）王德信撰　孫鑛評點

7. 新刻魏仲雪先生批點西廂記雜劇　二卷　（元）王德信撰
　　（明）魏浣初評

從這七種《西廂記》雜劇大多是明代評點名家的作品，鄭振鐸能收集
到這麼多種，實在用心良苦。

　　第四種王驥德校訂的《新校注古本西廂記雜劇六卷》，鄭振鐸有
〈跋〉語如下：

> 此王驥德（伯良）校定之《北西廂記》。伯良邃於曲學，深佩湯
> 若士，亦服膺沈詞隱，曾及見徐文長。嘗著《曲律》一書，評
> 騭多得中，蓋於劇曲實三折肱者。惟校註《西廂》，多深文周
> 納處，有治絲益棼之感，與凌初成之《西廂五劇》，同為文人
> 好奇之過。惟刊印至精，插圖出新安黃應光手，尤精麗可喜。
> 伯良復有《校注琵琶記》一書，二十年來訪求未得，殆已失傳
> 歟？[9]

鄭振鐸這段〈跋〉語有三個要點：第一，評價王驥德的曲學。第二，
批評王驥德校訂《西廂記》深文周納，治絲益棼。第三，王驥德刊印
此書插圖精麗可喜。

9　見《西諦書跋》，下冊，頁538。

第五種《北西廂記雜劇》五卷的跋語，錄之如下：

> 數年前，從乃乾處得殘本《北西廂記》一部，卷首附圖絕精，
> 惜每葉皆缺損其大半。若破宮折柱然，雖憾不足，乃愈企慕其
> 盛況。一磚一瓦，何莫非憑吊之資。中懷鬱鬱，總以為絕對不
> 能見其全了。不料今冬乃在琉璃廠會文齋得見全書一部，為之
> 狂喜不禁。「物聚於所好」，果真有這樣的巧事！欲奪而得之者
> 頗有人在。肆中人以是居奇，價亦昂。然終為余所有。且因此
> 而更獲得富春堂五種。聞聲而至者固大有人在也。雖多費，似
> 亦值得；何況此書本來是絕妙的神品麼！插圖二十幅，為陳老
> 蓮手筆。布局雖小，而氣象極大。實明末最好的美術品之一
> 也。[10]

此段跋語在訴說鄭氏尋找《北西廂記》的辛苦，以及得書以後的快樂
得意狀，並稱讚《北西廂記》的插圖「布局雖小，而氣象極大，實明
末最好的美術品之一也」。

（四）明代傳奇總集

收新刊音註出像《韓朋十義記》傳奇二卷等十八種。
其中《六十種曲》鄭振鐸的跋語有二，茲將第二條錄之如下：

> 近二三十年來，劇曲之研討風行一時。靜菴、瞿菴導其先路，
> 隅卿、斐雲搜訪尤力。予亦購求頗劬，微有所獲。今王、吳俱
> 逝，隅卿亦墓木已拱。南北數千里間，惟斐雲與予尚風雨如晦

---

10 見《西諦書跋》，下冊，頁539。

之時，事此不急之務耳。偶發一念，欲續汲古之業。惜力有不
足，僅成一集，謹郵致一函於斐雲兄，以寄遠思。

諦　十二月十三日[11]

（五）元代傳奇別集

收元本出像《南琵琶記》傳奇三卷、釋義一卷等十種。

（六）明代傳奇別集

收重校《投筆記》傳奇四卷等二十一種。
其中所收《李卓吾先生批評浣紗記傳奇》，鄭振鐸的跋語如下：

> 首有《禿翁總評》三則。附圖十四幅，生動有致。予得明刊傳
> 奇，以此為嚆矢。同時收得者，尚有玉茗堂評本《紅梅記》、《焚
> 香記》等。時在民國十二年秋，予於夕陽將下，偶過受古書店，
> 店主翁某以此數劇示予，並附以《笠翁十種曲》及抄本《蕉帕
> 記》。予欲棄笠翁曲及《蕉帕》不取，翁某執不可，曰：「欲併
> 售，否則不擬出讓」，予不得不曲從之。自此不復過其肆，然
> 受古自此亦不復有明本曲子出現。予轉時時從來青閣及中國書
> 店得善本焉。此李卓吾評本，實是吳人葉畫所贗為。武林容與
> 堂所刊卓吾評曲，僅有《琵琶》、《拜月》、《玉合》數本也。[12]

鄭氏的跋語指出，受古書店有李卓吾評點之《浣溪紗》傳奇，老闆卻
要求客人連《笠翁十種曲》一起購買。起先鄭氏不肯，後來只好曲

---

11 見《西諦書跋》，下冊，頁588。
12 見《西諦書跋》，下冊，頁603-604。

從，這是寫蒐書所受的委屈。鄭氏又指出所謂「李卓吾批評」，是吳人葉晝的偽書。

（七）清代傳奇別集

收一笠菴新編第七種傳奇《眉山秀》傳奇二卷。

（八）曲律

收《嘯餘譜》十二種等三種。

（九）目錄

收《錄鬼簿》二卷、《錄鬼簿續編》一卷等三種。

從以上所錄的數則跋語，可以看出鄭氏寫蒐書的喜樂與委屈比較多，但偶爾也批評前人的學問、人品如何，有時也指出哪些是偽書。由於鄭氏藏書多達十萬冊，每一本書背後都有一個故事，就有十萬個故事可寫。推究他的跋語，除了學術參考價值之外，還有相當高調劑身心的附加價值。

第四節　編輯戲曲叢書以保存文獻

鄭振鐸費盡苦心所蒐集來的劇本，他擔心又毀於戰火、因此他把有價值的劇本影印編成叢書，化身千萬就不必擔心書籍亡佚。根據余惠靜教授的說法，他之所以要出版叢書的動機是：第一，避免書籍毀於戰火；第二，繼承古人編選曲集的事業；第三，希望古劇能為今人所用。[13]當然余教授的說法並沒有錯，但他自己曾說過他之所以忍痛

---

13 參見余惠靜著《鄭振鐸戲劇論著與活動述評》（臺北市：秀威資訊科技公司，2004年10月），〈第六章〉，頁280-281。

購買書籍是因為自己想閱讀,所以真正促成他買書還是為了他自己。他對書籍的觀念比較開通,能做到保存與流傳兼顧,這是古人所做不到的事。由於這樣的想法,他把所收藏的古本善本的劇本編成一套套的叢書,供學界使用,這種把學術當公器的寬闊心胸,實是令人欽佩。以下將介紹鄭振鐸所編輯的重要叢書:

(一)清人雜劇初集

《清人雜劇初集》,一函十冊,自印本,於民國二十年(1931)一月出版。

鄭振鐸編清人雜劇的原因,他在《清人雜劇初集》序言中說得十分清楚:

> 雜劇之於清季,實亡而未亡也。然三百年間雜劇之盛,遠不若詩詞古文。撰作雖夥,彙輯莫聞。鄒氏之《雜劇新編》,雖多載異代諸家,並及于令、梅村、西塘,然康、雍以後,類多單本,殊鮮彙編。其倖存於今者,僅亦什一而已。若昉思之《四嬋娟》劇,紅友之《珊瑚》、《霓裳》,目在書亡,增人慨惜。及今而不為輯錄,則什一之僅存者,幾何不消亡殆盡乎?余性嗜讀曲,尤好搜討;涓涓不止,久亦成溪。十餘年來,所聚清劇,不期乃逾二百數十本。[14]

可見鄭振鐸還是他一貫的觀念,認為說古代的劇本如果沒經過系統的整理,一定會亡佚。而若要善加保存,最好的方法就是編叢書。在鄭振鐸之前,清人雜劇也有人編叢書,但收錄都不多,無法達到保存文

---

14 見《西諦書跋》,下冊,頁529。

獻的效果。鄭振鐸將自己所藏的二百六十部清人雜劇，挑選其中的九家四十種，編成《清人雜劇初集》。所收雜劇有九家：

1. 吳偉業《臨春閣》、《通天台》
2. 嵇永仁《劉國師教習扯淡歌》、《杜秀才痛哭泥神廟》、《癡和尚街頭笑布袋》、《憤司馬夢裡罵閻羅》（以上為《續離騷》四種）
3. 尤侗《西堂樂府》
4. 裘璉《明翠湖亭四韻事》
5. 張韜《續四聲猿》
6. 桂馥《後四聲猿》
7. 曹錫黼《桃花吟》、《四色石》
8. 石蘊玉《花間九奏》
9. 嚴廷中《秋聲譜》

（二）清人雜劇二集

《清人雜劇二集》一函十二冊，自印本，於民國二十三年（1934）十月出版，收清人雜劇十三家四十種，內容有：

1. 徐石麒《買花錢》、《大轉輪》、《拈花笑》、《浮西施》四種
2. 葉承宗《孔方兄》、《賈閬僊》、《十三娘》、《狗咬呂洞賓》四種
3. 王夫之《龍舟會》一種
4. 鄒式金《風流塚》一種
5. 鄒兌金《空堂話》一種
6. 廖燕《醉畫圖》、《訴琵琶》、《續訴琵琶》、《鏡花亭》四種
7. 洪昇《四嬋娟》四種
8. 車江英《藍關雪》、《柳州煙》、《醉翁亭》、《遊赤壁》四種
9. 張聲玠《玉田春水軒雜齣》九種
10. 孔廣林《璿璣錦》、《女專諸》、《松年長生引》三種

11.陳棟《苧蘿夢》、《紫姑神》、《維揚夢》三種

12.吳藻《喬影》一種

13.俞樾《老圓》一種

版本大部分是取自於自藏曲本，另外有借自北平圖書館、孔德學校圖書館，以及俞平伯家藏曲園先生抄本，大都是難得一見之劇作。

（三）孤本元明雜劇

《孤本元明雜劇》，線裝三十二冊，上海市商務印書館於民國三十年（1941）四月發行。

民國二十七年（1938）五月，鄭振鐸為國家購得《脈望館抄校本古今雜劇》，他從中挑選一百四十四種。而以孤本提名，其中包括元代知名作家二十三種、明代知名作家十四種、元代無名氏作品十四種、明人無名氏作品九十五種。內容由王季烈校訂，對研究者而言貢獻很多。校訂者王季烈認為本書可以解決學術界的一些疑惑，其文如下：

> 臧氏百種，或疑其去取未當，不免采砆砆而遺珠玉，以此書證之，則臧氏所遺，誠然有之，特尚不多，一也。古今談曲者，咸以關漢卿為巨擘，以此書證之，則寧推實夫仁甫，駕而上之。更有不著姓名之本，如《劉弘嫁婢》、《村樂堂》等，古拙清新，兼擅其長，堪為元曲中之絕唱，未可貴耳賤目，以古人之說為定評，二也。伶工學習南曲，便於趕板，每將應有襯字，妄行刪去，故其腳本如《綴白裘》之類，比傳奇原本襯字為少。今此書亦為明代伶工傳習之抄本，而多疊床架屋不可通之襯字，以與有刻本者相較，則刻本固文從字順，其襯字遠比抄本為少，乃知抄本中不可通之襯字，皆係伶人妄增，以字代

腔，使便記憶，非撰曲時所本有，三也。[15]

可見此書對戲曲史的研究有很大的貢獻。

（四）長樂鄭氏彙印傳奇第一集

《長樂鄭氏彙印傳奇第一集》，自印本，於民國二十三年（1934）出版，鄭氏將自己所藏的傳奇挑選六種影印成此書，共二函六種十二冊。包括：《商輅三元記》、《韓朋十義記》、《裴度香山還帶記》、《鸚鵡洲》、《喜逢春》、《摘星樓》等。

以上是民國時期鄭振鐸所編的重要叢書，但規模都不是很大。他編叢書最偉大的工作，是在新中國成立後所編的《古本戲曲叢刊》。他與吳曉鈴、趙萬里、傅惜華等人組成《古本戲曲叢刊》編刊委員會，並擔任主編，策畫要出版十幾集，每集各有一百種。一九五八年十月十八日，鄭振鐸搭機擬赴阿富汗、阿拉伯做友好訪問，不幸在蘇聯上空墜機而亡。《古本戲曲叢刊》的編刊工作因而中斷，但已出版的有：一、二、三、四、五、六、九集，七、八集尚未出版，這已是新中國編輯戲曲叢書的事，不在本書所討論的範圍內。

第五節　小結

鄭振鐸是一個窮苦人家出身的小孩，但他在學生時代就知道如何為家裡節省開銷。成人後卻以大量金錢購買他所鍾愛的戲曲善本書，所有藏書累積至十萬冊，卻毫不吝嗇的時時告訴家人，這些書將來是國家的，家人也遵照遺命，迅速地完成捐贈工作。假設鄭振鐸以為他

---

15 見《孤本元明雜劇》，王季烈〈序〉。

花了那麼多的時間和金錢收集來的善本，怎麼可以毫無代價的送給國家，並將十萬冊藏書賣給舊書攤的話，至少也有百萬元。如賣給國家，大家感念他為國犧牲，也能得到數百萬元。鄭氏為什麼沒有這樣做，就是他有國家利益大於個人，所謂「犧牲小我，完成大我」的理念，來做為他一生行事的指導原則。他的家人在耳濡目染之下，很自然的也能實現他的理念，鄭家真是一個了不起的家庭。

吳曉鈴是鄭振鐸的學生，鄭的學生應該有很多，而吳曉鈴可能是最親近的一位。他主動向師母提出請求，自願把十萬冊書中的跋語抄錄下來，然而這時十萬冊藏書已經捐給圖書館，吳曉鈴不論是豔陽高照或是煙雨濛濛的日子，每天都擠上如沙丁魚般的公車到圖書館，一本一本的翻閱，把跋語抄錄下來。經過三年多的努力，才完成抄錄工作。以現在的眼光來看，一個學生可以無償的為老師工作三年嗎？一九九〇年五、六月間，外子曾與吳先生有過接觸，感覺他是一位溫文儒雅、和善有禮的人，而且一直為他老師的《古本戲曲叢刊》未能出版而感到遺憾，可以想見他對老師的孺慕之情。

鄭振鐸所捐贈的十萬冊藏書，國家圖書館為他成立了「西諦文庫」，人人都可以去閱讀。他所編的書，尤其是他所主編的《古本戲曲叢刊》是有史以來最龐大的一部戲曲叢書，各大圖書館都有收藏，造福了不少戲曲研究者。哲人已遠，遺愛卻永留人間。

第六章
盧前整理曲學文獻的成就

第一節　前言

　　民國時期整理曲學文獻功績卓著的有：王國維（1877-1927）、吳梅（1884-1939）、任訥（1897-1991）、鄭振鐸（1898-1958）、趙景深（1902-1985）、盧前（1905-1951）、隋樹森（1906-1989）、傅惜華（1907-1970）等人，他們各有關注點，也使曲學研究進入一個嶄新的階段。筆者擬對這些戲曲文獻學家作較有系統的研究，以表彰他們在整理曲學文獻的功績。前已曾對任訥、隋樹森、傅惜華作過探討[1]，今再就盧前作一番研究。

　　盧前，江蘇南京人，字冀野，自號小疏，別署江南才子、飲虹簃主人。一九二六年南京東南大學畢業。歷任金陵大學、中央大學、光華大學、暨南大學、成都大學、成都師範大學、河南大學等校教授。自大學時代即跟隨吳梅先生習曲，與同門任訥都是在曲學整理研究上很有貢獻的曲學大家。

　　盧前在文學方面的成就，至少可從三個方向來觀察：第一是文學創作，主要的作品有：《春雨》和《綠簾》兩本現代詩集，以及《中

1　這三篇論文是（1）〈任中敏整理散曲文獻的成就〉，《世新五十學術專書——文學、思想與社會》（臺北市：世新大學，2006年1月），頁99-124。（2）〈傅惜華編輯戲曲總錄的貢獻〉，《書目季刊》第40卷1期（2006年6月），頁57-73。（3）〈隋樹森元散曲研究述評〉，第二屆兩岸韻文學學術研討會論文，世新大學中國文學系主辦，2008年5月8日。

興鼓吹》（詞）、《飲虹樂府》（散曲）、《飲虹五種》（雜劇）。第二是戲
曲研究，如：《中國戲劇概論》、《明清戲曲史》、《讀曲小識》等著
作。第三則是曲學文獻的整理，如校勘《太平樂府》、《樂府群珠》，
輯校元明人散曲集，編成《飲虹簃所刻曲》。又彙集元人雜劇，編成
《元人雜劇全集》。這三方面，被討論較多的是散曲文獻的整理，如
羅錦堂教授的〈論飲虹簃所刻曲〉，篇幅長達七十頁，將《飲虹簃所
刻曲》所收五十七種散曲集逐一加以檢討，是目前研究盧氏散曲學最
深入的論文。另一是朱禧所作《盧冀野評傳》（南京：江蘇古籍出版
社，1994年11月），分上、中、下三編，中編〈盧冀野著作述評〉第
三節〈致力於古籍流傳〉和下編〈盧冀野年表書目〉，提供許多前所
不知的傳記和書目資料，可參考的地方不少。但總體來說，對盧氏散
曲文獻的整理著墨較多，對他整理戲曲文獻的著墨較少。[2]因此，本
文先從盧前一生行事中挑出與文獻整理有關的記載，再將其研究成果
分：校訂刊刻散曲集、編輯《元人雜劇全集》兩節論述。

第二節　整理曲學文獻之過程

　　盧前在短短四十餘年的生命中，把大部分時間花在曲學創作和曲
學文獻的整理上。為了能更了解他在曲學文獻蒐集、校訂、刊刻所花
費的心思，今參考朱禧《盧冀野評傳》中所附〈盧冀野年表〉和盧前

2　與盧前整理曲學文獻有關的論文有：（1）楊棟：〈盧前對近代散曲學的貢獻〉，《東
　　南大學學報》（哲學社會科學版）第2卷2期（2000年5月），頁107-110。（2）蔡永
　　明、解玉峰：〈20世紀前期的曲學名家盧前〉，《藝術百家》2003年3期，頁43-46。
　　（3）蔡永明、解玉峰：〈盧冀野：一位被遺忘的曲學大家〉，《古典文學知識》2003
　　年4期，頁67-71。（4）苗懷明：〈盧前和他的曲學研究〉，《戲劇藝術》2008年3期，
　　頁48-59。（5）盧偓：〈盧前和中國曲學〉，《古典文學知識》2010年1期，頁87-94。
　　以上各文大都屬於介紹性論文。

各種著作之序言及題跋，作成此一小節的文字。

民國十一年（壬戌，1922），盧前十七歲，以特別生的名義考入東南大學國文系，時吳梅應東南大學之聘，舉家南歸，成為盧前的老師，這對盧前日後之治學方向有很大的影響。

民國十二年（癸亥，1923），十八歲，從吳梅學散曲，並參加吳梅組織的曲學社團活動。

民國十四年（乙丑，1925），二十歲，參加吳梅組織的潛社。

民國十五年（丙寅，1926），二十一歲，十一月完成雜劇《飲虹五種》，並請吳梅刪訂。

民國十六年（丁卯，1927），二十二歲，任教金陵大學時，以四十天的功夫編定完成《元曲別裁集》。冬，編寫《南北曲小令譜》。

民國十七年（戊辰，1928），二十三歲，夏，撰《元曲別裁集校刊後記》。

民國十八年（己巳，1929），二十四歲，冬，作〈（明劉效祖）詞臠跋〉。是年開始輯陳所聞《濠上齋樂府》，書稿作《陳藎卿樂府》，交給涵芬樓。日軍轟炸上海，書與樓俱亡。

民國十九年（庚午，1930），二十五歲，八月應聘至成都大學教授曲學。赴蜀途中，獲散曲選集《樂府群珠》抄本三冊。十月，撰〈雲莊休居自適小樂府跋〉。

民國二十年（辛未，1931），二十六歲，冬至，在河南大學撰〈南北曲小令譜自序〉。

民國二十一年（壬申，1932），二十七歲，開始自費刊刻《飲虹簃所刻曲》。六月，吳梅為之作序。

民國二十二年（癸酉，1933），二十八歲，四月，撰〈（明何瑭）柏齋先生樂府跋〉。九月六日作〈中國戲劇概論序〉。本年與下一年，編刊了《飲虹簃癸甲叢刊》。

民國二十三年（甲戌，1934），二十九歲，一月，撰〈（明趙南星）清都散客兩種小引〉，又撰〈（明趙南星）芳茹園樂府跋〉[3]。暮春作〈（明李開先）詞謔弁言〉。九月撰〈（明夏文範）蓮湖樂府跋〉、〈（元卓從之）中州樂府音韻類編序〉。本年又撰〈（明夏暘）葵軒詞餘跋〉。是年作〈濠上齋樂府弁言〉。

民國二十四年（乙亥，1935），三十歲，一月，撰〈（元卓從之）中州樂府音韻類編校本跋〉。二月，撰〈梨園按試樂府新聲跋〉。三月，撰〈樂府群珠序〉、〈（元盧摯）疏齋小令跋〉。四月，撰〈（明韓邦奇）苑洛集跋〉。五月，撰〈樂府新聲後序〉。夏，彙錄《元曲選》、《古名家雜劇》、《元明雜劇零種》、《元刊雜劇三十種》等書，編輯《元人雜劇全集》，並從這年十一月起由上海雜誌公司陸續出版。十月，撰〈（清蔣士銓）紅雪樓逸稿序〉。秋，撰〈（明王端淑輯）名媛詩緯雅集跋〉。十二月，撰〈太平樂府弁言〉。

民國二十五年（丙子，1936），三十一歲，四月，自費刊刻的《飲虹簃所刻曲》完成三十種。十月，〈（明趙南星）清都散客二種〉，由商務印書館出版。十一月，所校《（明李開先）詞謔》，由中華書局出版。是年，吳梅為《金陵盧氏飲虹簃叢書》作〈序〉。

民國二十六年（丁丑，1937），三十二歲，清明日，撰〈（明李禎）僑庵樂府跋〉。五月，《明雜劇選》由長沙商務印書館出版。冬至日，撰〈（明朱讓）長春競辰樂府跋〉。是年編《元明散曲選》，由商務印書館出版。

民國二十七年（戊寅，1938），三十三歲，夏，撰〈（明葉華）迦陵音跋〉。秋，撰〈（元倪瓚）雲林樂府跋〉。

---

3 朱禧《盧冀野評傳》，將此跋繫於一九三四年六月，但《芳如園樂俯》書末盧前的跋署「甲戌元月」，甲戌即一九三四年。

民國二十八年（己卯，1939），三十四歲，十月，撰〈（吳梅）南北詞簡譜跋〉。

民國二十九年（庚辰，1940），三十五歲，一月，《明雜劇選》由長沙商務印書館再版。正月十四日（農曆），撰〈（明張鍊）雙溪樂府跋〉。十月，撰〈（元王惲）秋澗樂府跋〉。冬月十日，撰〈（明夏完淳）獄中草跋〉。

民國三十年（辛巳，1941），三十六歲，一月起在《圖書月刊》發表《飲虹簃曲籍題跋》，至三月止。三月，撰〈（明陳與郊）隅園集跋〉。處暑日[4]，撰〈（明葉承宗）濼函樂府跋〉。秋，遊貴州，見明代薛論道散曲集《林石逸興》抄本，即請人抄錄。冬至，為夏完淳《獄中草》再作跋。

民國三十一年（壬午，1942），三十七歲，除夕撰〈（明唐寅）伯虎雜曲跋〉。

民國三十二年（癸未，1943），三十八歲，五月撰〈（清洪昇）四嬋娟跋〉、撰〈（明葉承宗）濼函雜劇、稷門四嘯、狗咬呂洞賓跋〉。六月，撰〈（清孔廣林）璇璣錦雜劇跋〉。夏，撰〈（元吳仁卿）金縷新聲跋〉、〈（元顧德潤）九山樂府跋〉、〈（元汪元亨）小隱餘音跋〉、〈（明廖燕）柴舟雜劇跋〉。十月，撰〈元曲三百首序〉。冬，撰〈（元曾瑞）詩酒餘音跋〉。

民國三十三年（甲申，1944），三十九歲，一月撰〈（元錢子雲）酒邊餘興跋〉。五月，《曲選》由國立編譯館出版。夏，撰〈（明周履靖）鶴月瑤笙跋〉、〈（元睢景臣）睢景臣詞跋〉。中秋日，撰〈（元馬昂夫）馬九皋詞跋〉。十二月，在《文史雜誌》發表〈南北詞簡譜後序〉。是年，撰〈（明陳與郊）隅園集題跋〉。

4　盧前之跋署「辛巳處暑盧前記」，辛巳是民國三十年（1941）。處暑是節氣名，在立秋後，每年處暑在國曆八月二十三日或二十四日。

民國三十四年（乙酉，1945），四十歲，一月，重訂任中敏所編《元曲三百首》，由中華書局出版。

民國三十五年（丙戌，1946），四十一歲，立春日，撰〈（明王徵）山居詠跋〉。元夕日，撰〈（明張炳濬）山居詠和跋〉。六月，撰〈（明佚名）天樂正音譜跋〉。八月，又撰〈馬九皋詞跋〉。

民國三十六年（丁亥，1947），四十二歲，五月，在《復旦學報》發表〈道藏及大藏經中散曲之結集〉。十月，撰〈（明陸采）冶城客論跋〉。

民國三十七年（戊子，1948），四十三歲，冬，盧氏所整理的《金陵二名家樂府》（陳鐸《秋碧樂府》、《梨雲寄傲》和金鑾《蕭爽齋樂府》），由南京通志館出版「週年紀念印贈本」。

民國三十九年（庚寅，1950），四十五歲，借抄趙萬里所藏《回光和尚唱道》，並作題跋。

民國四十年（辛卯，1951），四十六歲，四月十七日，病逝南大醫學院。

從以上盧前整理曲學文獻的行事編年中，吾人可得知幾件事情：

其一，盧前是位創作與研究並重的學者，他最先入門的是編輯《元曲別裁集》。這是一本元代散曲的選集，為了編輯這本書，他開始閱讀許多元散曲的選集和散曲家的別集。在蒐集別集的過程中，他發現元明人的散曲集亡佚甚多，不然就是收錄在詩文集中，未曾獨立出版。亡佚的就從各種書籍輯錄出來，收錄在詩文集中的，就抄錄出來。不論是輯佚或抄錄都經過簡單的校訂，並為之作題跋。從民國十七年（1928）起，到民國四十年（1951），二十多年間，幾乎都在寫題跋。可見他對此事用力之深。

其二，在各年度的記事中，只有為各種曲集所作的跋，看不到為曲集作校勘的記載。可見，盧前不太重視曲集的校勘，他比較關心的

是曲集的出版流傳。相同主題的書一找到幾種，就立個名目刊刻出來。[5]所以，他刊刻的叢書名目很多，如：《飲虹簃癸甲叢刊》、《飲虹簃雜劇叢刊》、《飲虹簃校刻清人散曲二十種》、《金陵盧氏飲虹簃叢書第一集》、《金陵盧氏飲虹簃叢書第二集》、《金陵盧氏飲虹簃叢書第三集》、《金陵盧氏飲虹簃叢書第四集》等都是。

其三，各叢書之間的關係有待釐清，例如：民國二十一年（1932）開始刊刻《飲虹簃所刻曲》，民國二十五年（1936）刊刻完成三十種，這其間的民國二十二年（1933），又編刊了《飲虹簃癸甲叢刊》，民國二十五年，又有《金陵盧氏飲虹簃叢書》，吳梅曾為其作序。後又有《第二集》、《第三集》、《第四集》，它們跟《飲虹簃所刻曲》之間的關係如何，必須能看到這些書，才能進一步釐清，可惜臺灣各圖書館收藏盧氏的著作太少，要解決這些問題，則有待他日。

第三節　校訂刊刻元明人散曲集

根據前一節的記事，盧前研究曲學最先是從編輯《元曲別裁集》這一部散曲選集開始的。要將自己喜歡的散曲選出，當然要讀前人所編輯的散曲選集，還有散曲家的別集。盧前所見到的散曲選集應該很多，但經盧前校訂的散曲選集只有：

1. 《朝野新聲太平樂府》九卷　（元）楊朝英編

收元代散曲家八十五位和部分無名氏的作品。計小令一千零六十二首，套數一百四十一套，按宮調曲牌分類編排。

5　盧前所以採取邊輯、邊校、邊刻的辦法，是受吳梅的影響。民國二十一年（1932），上海發生一二八事變，上海商務印書館涵芬樓被日軍炸毀，許多圖書化為灰燼，吳梅存放其中的古代戲曲抄本焚毀十分之五，吳梅曾對盧冀野說：「顧天可忌藏之者之富，不能止刻者之多，天亦無如人何也……君第刻曲，幸勿藏，藏則不祥！」（見朱禧《盧冀野評傳》，頁119。）

2.《梨園按試樂府新聲》三卷　（元）無名氏編

　　收元散曲作家二十餘位的作品。計有小令五百餘首，套數三十二套。所收罕見作品不少，故為散曲研究者所重視。

3.《樂府群珠》四卷　（明）無名氏編

　　收八十二位曲家散套二十六套，小令一千八百一十一首。

　　以上三種皆經盧前校勘過，其中以《太平樂府》所費心力較多。該書有校勘記，分散在各相關字句下，數量相當多。除校訂散曲選集外，盧前也收集元明人的散曲別集，收集的過程相當複雜，茲分項加以討論：

（一）從相關典籍中輯佚

　　元人的散曲集大部分均已亡佚，當時能見到的僅有張養浩的《雲莊樂府》、張可久的《小山樂府》、貫雲石的《酸齋樂府》和徐在思的《甜齋樂府》等數種而已，大部分的散曲別集都是民國以來由任訥和盧前從各種典籍中輯佚而來，茲將其所輯得之散曲集臚列如下：

1.《馬九皋詞》　馬昂夫

　　從《陽春白雪》、《太平樂府》、《北宮詞紀》、《詞林摘豔》等書輯出，有小令三十八首，套數三套，收入《飲虹簃所刻曲》中。

2.《睢景臣詞》　睢景臣

　　從《太平樂府》中輯出，有套數三套，收入《飲虹簃所刻曲》中。

3.《詩酒餘音》　曾瑞

　　從《太平樂府》、《樂府新聲》、《北宮詞紀》等書輯出，有小令十首，套數十六套，補遺兩套，收入《飲虹簃所刻曲》中。

4.《醉邊餘興》　錢霖

　　從《樂府群玉》、《輟耕錄》卷十七輯出，有小令四首，套數一套，收入《飲虹簃所刻曲》中。

5.《九山樂府》　顧德潤

從《太平樂府》中輯出，僅有小令八首，套數二套，收入《飲虹簃所刻曲》中。

6.《金縷新聲》　吳仁卿

從《陽春白雪》、《太平樂府》、《樂府群玉》、《樂府新聲》、《太和正音譜》中輯出，有小令二十三首，套數四套，收入《飲虹簃所刻曲》中。

7.《小隱餘音》　汪元亨

從《雍熙樂府》中輯出，有小令一百首，收入《飲虹簃所刻曲》中。

（二）從詩文集中抄錄

明人的散曲集很少獨立成書，大都附於作家的詩文集中，要對這些作家的詩文集相當熟悉，才能從中輯出散曲作品，盧前從各家詩文集所輯出的散曲集有如下各本：

1.《晚宜樓雜曲》　毛瑩

毛瑩有《晚宜樓集》，盧前從中輯出小令三十首，套數五套，收入《飲虹簃所刻曲》中。

2.《隅園集散曲》　陳與郊

陳與郊的《隅園集》中有小令五十八首，套數七套，盧前將其錄出，收入《飲虹簃所刻曲》中。

（三）向師友借抄

民國以來的藏書家收藏不少元明散曲家的曲集，盧前因此向他們借抄，其中朱有燉《誠齋樂府》、劉效祖《詞臠》借自吳梅；康海《沜東樂府》、王九思《康王樂府》、黃娥《楊夫人樂府》借自潘景

鄭[6]，王惲的《秋澗樂府》借自蔣復璁。[7]

　　除以上三種整理方法之外，這些輯佚而來的曲集，出版前，盧前也做了以下三種加工：

　　第一，校訂：例如夏完淳的《獄中草》，原書小令和散套不分，所用牌調也沒有標明，字句錯漏甚多，盧前收入《飲虹簃所刻曲》前，為之一一校訂。

　　第二，改訂：例如周履靖的《鶴月瑤笙》，全書有四卷，每卷有散套十套，計有四十套。又在每一散套末各繫一絕句，此一格式並非散曲原有，所以盧前刻本把它改用小字夾行，仍然附在後面以存其舊。

　　第三，刪削：葉華編著的《迦陵音》，全書錯誤甚多，如其中〈閨情〉「百歲光陰」一套，本是元人馬致遠的〈秋思〉，不知何故收入此書中。又卷前附〈迦陵音指迷十六觀〉，是錄自宋張炎《詞源》卷下；這些都不是葉華的作品，故全部刪去。[8]

　　盧前所校訂整理的元明散曲集，大部分多已刻入《飲虹簃所刻曲》中，在該書出版後，另外再收集整理的有：馮夢龍的《宛轉歌》、王驥德的《方諸館樂府》以及陳所聞的《濠上齋樂府》。分別由長沙商務印書館出版。此外，盧前也將明清人的散曲集編成數種叢書，如：《明代婦人散曲集》、《清人散曲十七家》、《校印清人散曲二十種》、《金陵二名家樂府》。可見盧氏散曲的整理工作是貫穿元明清三代，而且他也有編輯各代散曲總集的企圖心，早在編輯《元曲別裁集》時他就說：「他日有暇，擬更廣之，成《全元曲》若干卷，此先

6　見盧前編：《飲虹簃所刻曲》（臺北市：世界書局，1985年8月3版），吳梅〈序〉，頁1。

7　盧前：〈秋澗樂府跋〉，見《飲虹簃所刻曲》所收《秋澗樂府》卷末。

8　見羅錦堂：〈論飲虹簃所刻曲〉，收入《錦堂論曲》《臺北市：聯經出版事業公司，1977年3月》，頁594-663，所引見頁647。

聲耳。」[9]一九四七年所出版的《全元曲》就是他部分理想的實踐。[10]

　　盧氏的散曲整理工作雖然非常繁多，但最受學界矚目的還是他的《元曲別裁集》和《飲虹簃所刻曲》。由於他的同門任訥編有散曲選集《元曲三百首》，盧前將其改訂，這改訂本一直流傳到現在。盧前因此也編散曲選集《元曲別裁集》，他在〈元曲別裁集例言〉中說：「《三百首》貴乎精，《別裁集》貴乎博。兩書具相反相成之義。」[11]任訥編《散曲叢刊》，把元、明、清三朝重要作家的集子都蒐羅進去。盧前編《飲虹簃所刻曲》，收元、明曲集六十一種。兩書也具有相反相成之作用。《散曲叢刊》前已為文論之，現專論《飲虹簃所刻曲》。根據楊家駱先生的說法：「冀野自民國二十四年輯刊元明人散曲別集，至三十七年全帙始竣事，……為當時隨輯隨刊，以是行世各本多寡不一，有少至四冊者，有多至三十二冊者。」[12]該書臺灣能見到的版本有兩種，一是三十種本，民國二十五年（1936）四月盧前自費刊本，收元明散曲集三十種，線裝二十二冊，傅斯年圖書館典藏。另一是六十一種本。茲先討論三十種本各冊收書的情形：

第一冊

　　《中州樂府音韻類編》一卷，附校記一卷，（元）卓從之撰，校記盧前撰。

　　《自然集》，（金）不著撰人。

9　見《元曲別裁集》（臺北市：臺灣開明書店，1975年3月臺4版），卷首，例言七。

10　僅出一卷，未標出版者，藏南京大學圖書館。見楊棟：〈盧前對近代散曲學的貢獻〉，《東南大學學報》（哲學社會科學版）第2卷第2期（2000年5月），頁107-110。

11　見《元曲別裁集》，卷首。

12　見楊家駱先生：〈重刊飲虹簃所刻曲序〉，《飲虹簃所刻曲》（臺北市：世界書局，1985年11月3版），卷首。

第二冊

　　《雲莊張文忠公休居自適小樂府》一卷補遺一卷，附校記一卷，（元）張養浩撰，校記盧前撰。

第三冊

　　《喬夢符小令》一卷，（元）喬吉撰。

第四至五冊

　　《張小山小令》二卷，（元）張可久撰。

第六至七冊

　　《誠齋樂府》二卷，（明）朱有燉撰。

第八冊

　　《秋碧樂府》一卷，（明）陳鐸撰。

　　《梨雲寄傲》一卷，（明）陳鐸撰。

第九至十冊

　　《沜東樂府》二卷，（明）康海撰。

第十一冊

　　《碧山樂府》二卷，（明）王九思撰。

第十二至十三冊

　　《雙溪樂府》二卷，（明）張錬撰。

第十四冊

　　《柏齋先生樂府》一卷，（明）何瑭撰。

　　《南曲次韻》一卷，（明）李開先、王九思撰。

第十五冊

　　《苑洛集》一卷，（明）韓邦奇撰。

　　《常評事寫情集》二卷，（明）常倫撰。

第十六冊

　　《蕭爽齋樂府》二卷，（明）金鑾撰。

第十七冊

《樂府餘音》一卷，（明）楊廷和撰。

《陶情樂府》四卷，（明）楊慎撰。

第十八冊

《楊夫人樂府》三卷，（明）黃峨撰。

《玲瓏唱和》一卷，（明）楊慎等撰。

第十九冊

《鷗園新曲》一卷，（明）夏言撰。

《詞臠》一卷，（明）劉效祖撰。

第二十冊

《蓮湖樂府》一卷，（明）夏文範撰。

《射陽先生曲存》一卷，（明）吳承恩撰。

《筆花樓新聲》一卷，（明）顧仲方撰。

第二十一冊

《步雪初聲》一卷，（明）夏瘦郎撰。

《鈍吟樂府》一卷，（清）馮班撰。

第二十二冊

《黍離續奏》一卷，（明）沈自晉撰。

《越溪新詠》一卷，（明）沈自晉撰。

《不殊室近草》一卷補遺一卷，（明）沈自晉撰。

以上是民國二十四年出版的《飲虹簃所刻曲》所收的三十種散曲集。
之後，盧前又繼續刊刻至民國三十七年才結束。這十餘年間又刊行了
三十一種。兩者合計是六十一種。這個足本在臺灣各圖書館皆未見收
藏，民國五十年代，楊家駱先生之所以能將此書影印出版，是跟鄭因
百老師借印。這新刊行的散曲集三十一種的內容是：

1. 《天籟集摭遺》一卷 　　　　　　（元）白樸撰
2. 《雲林先生樂府》一卷 　　　　　（元）倪瓚撰
3. 《疏齋小令》一卷 　　　　　　　（元）盧摯撰
4. 《馬九臯詞》一卷 　　　　　　　（元）馬九臯撰
5. 《睢景臣詞》一卷 　　　　　　　（元）睢景臣撰
6. 《秋澗樂府》一卷 　　　　　　　（元）王惲撰
7. 《詩酒餘音》一卷，補遺一卷 　　（元）曾瑞撰
8. 《醉邊餘興》一卷 　　　　　　　（元）錢霖撰
9. 《九山樂府》一卷 　　　　　　　（元）顧君澤撰
10. 《金縷新聲》一卷 　　　　　　　（元）吳仁卿撰
11. 《小隱餘音》一卷 　　　　　　　（元）汪元亨撰
12. 《僑庵樂府》一卷 　　　　　　　（明）李禎撰
13. 《葵軒詞餘》一卷 　　　　　　　（明）夏暘撰
14. 《伯虎雜曲》二卷，附錄一卷 　　（明）唐寅撰
15. 《芳茹園樂府》一卷 　　　　　　（明）趙南星撰
16. 《晚宜樓雜曲》一卷 　　　　　　（明）毛瑩撰
17. 《獄中草》一卷 　　　　　　　　（明）夏完淳撰
18. 《天樂正音譜》一卷 　　　　　　（明）佚名撰
19. 《名媛詩緯雅集》二卷 　　　　　（明）王玉映輯
20. 《長春競辰樂府》一卷 　　　　　（明）朱讓栩撰
21. 《林石逸興》二卷 　　　　　　　（明）薛論道撰
22. 《鶴月瑤笙》四卷 　　　　　　　（明）周履靖撰
23. 《隅園集》一卷 　　　　　　　　（明）陳與郊撰
24. 《鞠通樂府》補遺一卷 　　　　　（明）沈自晉撰，盧前輯
25. 《太平清調迦陵音》一卷 　　　　（明）葉華撰
26. 《灤函樂府》一卷 　　　　　　　（明）葉奕繩撰

27.《樂府拾遺》一卷　　　　　　　（明）王九思撰

28.《碧山續稿》一卷　　　　　　　（明）王九思撰

29.《碧山新稿》一卷　　　　　　　（明）王九思撰

30.《山居詠》一卷，卷首一卷　　　（明）王徵撰

　　　　　箋證一卷　　　　　　　　方豪撰

31.《山居詠和》一卷　　　　　　　（明）張炳瀋撰

這些散曲集大抵是元明時代文人所創作，其中元人著作十一種，明人著作二十種，是二十世紀前期收書最多的散曲叢書。

　　《飲虹簃所刻曲》所收散曲集多達六十一種，是當時收書最多的散曲叢書。但它也有一些編輯上的疏失，盧前向吳梅報告編輯經過時說：「此書之成，出於倉卒，往往千里郵致，隨付寫生，故諸詞未分正襯；又原書牌名輒多可疑，今茲所刊，不遑細斟，故諸詞又未分正集。」[13]此外，《飲虹簃所刻曲》所收散曲集並非都是善本，像明代薛論道的《林石逸興》有十卷，每卷有小令一百首，合計有一千首。盧前所收的是民國三十年（1941）他遊貴州時發現的殘本。這個殘本，僅存卷一的一百首，卷三的二十九首而已。而全本並非已亡佚，只不過沒被盧前發現而已。又如：陳鐸的《秋碧樂府》和《梨雲寄傲》，其內容則是從《坐隱先生精訂陳大聲樂府全集》中的《梨雲寄傲》、《秋碧軒搞》、《可雪齋稿》、《月香亭稿》等別集中選錄出來的，並非陳鐸散曲的全部。[14]另外，《飲虹簃所刻曲》中所收楊慎的散曲只有《陶情樂府》、《玲瓏唱和》兩種，事實上《陶情樂府續集》、《陶情樂府拾遺》、《楊升庵夫婦散曲》、《升庵長短句》、《升庵長短句續集》等書都有他的散曲，盧氏的書皆未及收錄。

13　《飲虹簃所刻曲》，吳梅〈序〉。

14　謝伯陽：《全明散曲》（濟南市：齊魯書社，1994年3月），〈自序〉，頁8。

　　這部書之所以能自費刊刻完成，完全靠盧前永不間斷的學術熱忱和堅強的意志力。前面說過，元明人的散曲集大都已亡佚，今日能見到這麼多，都是前賢努力耕耘的結果。其中最有貢獻的，就是任訥和盧前兩位。任訥的《散曲叢刊》，一般認為編輯態度比較嚴謹，但僅收散曲集十二種，與《飲虹簃所刻曲》所收的五十七種相比，相去甚遠。

　　盧氏的《飲虹簃所刻曲》在民國時期的散曲界有多大的貢獻，可以引楊棟的話作說明，他說：

　　　　當然，在盧氏纂集校印的所有典籍中，最有名也最為人熟悉的當屬《飲虹簃所刻曲》一書。這是一部大型散曲集叢刊，正續兩集收三代作家自著曲集及少量曲學論著，凡六十種，其規模遠遠超過了任訥的《散曲叢刊》。

　　　　尤其是其中收存的明人曲集最富，多達四十五種，皆由盧氏個人費盡心血搜集而來，不乏稀奇罕見的珍本或孤本。在九十年代《全明散曲》（謝伯陽輯）出版之前，人們了解研究明代散曲，就全靠了此書。應該特別指出，盧氏此書及其他一些書，大都由他個人自家刊刻，所費財力、人力、精力之巨，均可想見。盧氏在散曲學史上屬於那種少見的好心學者。他一得知珍奇曲籍，必不惜一切而獲之，又不計代價刻印以傳之。每每閱讀盧氏在曲籍序跋中講述該書獲取及刻印經過的文字，總令人感動不已。[15]

15　見楊棟：〈盧前對近代散曲學的貢獻〉，《東南大學學報》第2卷2期，頁107-110。

第四節　編輯《元人雜劇全集》

元人雜劇作品的編輯工作開始得很晚，在元代編輯完成而流傳到現在的，僅有佚名所編的《元刊雜劇三十種》。到明代後期編輯雜劇選集的多了起來，茲按時間先後臚列如下：

1. 《古名家雜劇》　（明）玉陽仙史編刊

   此書僅存殘本。據清人顧修《彙刻書目》，此書正集為「古名家雜劇」，分金、石、絲、竹、匏、土、革、木等八集，收雜劇四十種。續集為「新續古名家雜劇」，分宮、商、角、徵、羽等五集，收雜劇二十種，合計六十種，其中元人作者四十四種。

2. 《古今雜劇選》　（明）息機子編

   卷首有萬曆二十六年（1598）息機子〈序〉，全書共收雜劇三十種，其中元人雜劇二十九種。

3. 《陽春奏》　（明）尊生館主人編

   卷首有萬曆三十七年（1609）東海于若瀛〈序〉。全書八卷，前六卷收元或明初人北雜劇二十四種，卷七收明人所作北雜劇六種，卷八收明人所作南雜劇九種，合計三十九種，今僅存元雜劇三種。

4. 《元曲選》　（明）臧懋循編刊

   全書分十集，每集十種，收元雜劇一百種。甲集至戊集刊於明萬曆四十三年（1615），已集至癸集刊於萬曆四十四年（1616），所收元雜劇在明人各種選集中為最多。

5. 《元人雜劇選》　（明）王驥德編

   明萬曆間顧曲齋刊配補影鈔本。選收雜劇多少種不可知，今存十六種。[16]

---

16 見張棣華：《善本劇曲經眼錄》（臺北市：文史哲出版社，1976年6月），頁170-177。

6.《古今名劇合選》 （明）孟稱舜編刊

卷首有孟稱舜自序，全書分兩集，一為「新鐫古今名劇柳枝集」，收元雜劇十六種，明雜劇六種，合計二十二種。二為「新鐫古今名劇酹江集」，收元雜劇十八種，明雜劇十二種，合計三十種。

7.《脈望館鈔校本古今雜劇》 （明）趙琦美鈔校

此書收錄元明雜劇兩百四十一種，其中《古名家雜劇》本五十四種，《古今雜劇選》本十五種，抄自內府本和山東于小穀本的有一百七十二種，除去重複，共兩百三十五種，其中有傳世孤本一百三十二種。一九三八年收歸國有，現藏中國國家圖書館。

這些選本，息機子所編《古今雜劇選》、尊生館主人所編《陽春奏》，都是殘本，《脈望館鈔校本古今雜劇》還秘藏在當時收藏家的書庫裡，尚未公開。除臧懋循《元曲選》收書比較多外，其他皆數十種以下，與現存元人雜劇的實際情況有一大段差距。如果把現有能見到的元人雜劇選本彙集成一編，不但可以呈現元雜劇較真實的面貌，也方便讀者利用。

盧前隨時都在收集校勘古代曲學的相關著作。其《元人雜劇全集》八冊，收入施蟄存主編的《中國文學珍本叢書》第一輯，第十一、十八、二十二、二十八、三十三、三十八、四十三、四十五冊中[17]，民國二十四年十一月由上海市上海雜誌公司出版，書前有吳梅的〈序〉：

> 臧晉叔雕蟲館《元曲選》百種，從黃州劉延伯假錄共二百種，出自御戲監，晉叔選其半，去其半，而未選之百種，遂亡逸不可問，深可惋惜。且百種中如王子一、谷子敬、藍楚芳諸子，

---

17 這套書的編輯方法很特別，將《元人雜劇全集》八冊，分散插入各種書中。第一冊排在《中國文學珍本叢書》第一輯第十一冊，該冊的書名頁卻說成「第一輯第十一種」，把「冊」誤成「種」。

實為明人，晉叔混為元賢，尤為未考。他如陳與郊《古名家雜劇》、丁氏八千卷樓所藏《元明雜劇零種》（存盤山圖書館），皆足補臧選所未及。日本帝國大學所藏《古今雜劇三十種》，為上虞羅氏所刊者，有十七種不入臧選，惜科白多未全，字迹多俗體，不易辨識。至涵芬樓所藏關漢卿《緋衣夢》，為各選本所未及，更為瑰寶。二十四年夏，盧君冀野彙錄各本，得一百三十餘種，此後海內或繼續發現，而在今日固以此書為最富且備也……

吳梅的〈序〉指出臧晉叔的《元曲選》中所收百種元人雜劇，其中像王子一、谷子敬、藍楚芳，根本是明代人，晉叔卻把他們當作元人，這是失於考證的缺失。另外，陳與郊所編《古名家雜劇》、丁氏八千卷樓所藏《元明雜劇零種》，皆可以補臧懋循《元曲選》的不足。然後，日本帝國大學所藏的《古今雜劇三十種》，有十七種《元曲選》未收。至於涵芬樓所藏關漢卿的《緋衣夢》，各家選本皆未收入，更是寶貴。民國二十四年夏天，盧前彙錄各本，計有一百三十餘種，是海內外最完備的本子。

根據《中國文學珍本叢書》第一輯所收《元人雜劇全集》八冊，茲將各冊所收劇本臚列如下：

第一冊

　　1.關漢卿雜劇十四種（有盧前跋），附殘本兩種。

第二冊

　　2.王實甫雜劇兩種（有盧前跋），附殘本兩種和王實甫雜劇存目十種。

　　3.晚進王生雜劇一種（有盧前跋）。

4.白仁甫雜劇兩種（有盧前跋），附殘本三種和白仁甫雜劇存目十一種。

5.高文秀雜劇三種（有盧前跋），附殘本一種和高文秀雜劇存目三十種。

第三冊

6.鄭廷玉雜劇五種（有盧前跋），附鄭廷玉雜劇存目十九種。

7.馬致遠雜劇八種（有盧前跋），附馬致遠雜劇存目七種。

第四冊

8.李文蔚雜劇一種，附李文蔚雜劇存目十一種。

9.李直夫雜劇一種（有盧前跋），附殘本一種和李直夫雜劇存目十種。

10.庾吉甫雜劇一種（有盧前跋），附庾吉甫雜劇存目十四種。

11.吳昌齡雜劇三種（有盧前跋），附殘本一種和吳昌齡雜劇存目七種。

第五冊

12.武漢臣雜劇三種（有盧前跋），附殘本一種和武漢臣雜劇存目九種。

13.王仲文雜劇一種（有盧前跋），附殘本兩種和王仲文雜劇存目七種。

14.李壽卿雜劇二種（有盧前跋），附殘本一種和李壽卿雜劇存目七種。

15.尚仲賢雜劇四種（有盧前跋），附殘本三種和尚仲賢雜劇存目四種。

第六冊

16.石君寶雜劇三種（有盧前跋），附石君寶雜劇存目七種。

17.楊顯之雜劇兩種（有盧前跋），附楊顯之雜劇存目六種。

18.紀君祥雜劇一種（有盧前跋），附紀君祥雜劇存目五種。

19.戴善夫雜劇一種（有盧前跋），附殘本一種和戴善夫雜劇存目四種。

20.李好古雜劇一種（有盧前跋），附李好古雜劇存目兩種。

21.王伯成雜劇一種（有盧前跋），附王伯成雜劇存目兩種。

22.孫仲章雜劇一種（有盧前跋），附孫仲章雜劇存目兩種。

第七冊

23.張國賓雜劇三種（有盧前跋）。

24.康進之雜劇一種（有盧前跋），附康進之雜劇存目一種。

25.岳伯川雜劇一種（有盧前跋）。

26.石子章雜劇一種（有盧前跋）。

27.孟漢卿雜劇一種（有盧前跋）。

28.李進取雜劇一種（有盧前跋），附殘本一種和李進取雜劇存目兩種。

第八冊

29.李行道雜劇一種（有盧前跋）。

30.狄君厚雜劇一種（有盧前跋）。

31.孔文卿雜劇一種（有盧前跋）。

32.張壽卿雜劇一種（有盧前跋）。

33.費唐臣雜劇一種（有盧前跋），附費唐臣雜劇存目兩種。

34.宮大用雜劇一種（有盧前跋），附宮大用雜劇存目五種。

35.鄭德輝雜劇四種（有盧前跋），附殘本一種和鄭德揮雜劇存目十四種。

合計三十五家，收雜劇七十九種，殘本二十種。殘本題名「元劇拾遺」，署名「金陵盧前校輯」，各家殘本大抵從各種曲學著作中輯出。

這些殘本是否利用前人或時人輯佚的成果？趙景深曾說：「一九三五年十二月，我輯錄的《元人雜劇輯逸》在北新書局出版。當時盧冀野編《元人雜劇全集》，曾加以採用，並在一部分跋文中有過說明。」[18]惟披閱各家雜劇後所附的盧氏跋文，並未見有言及採錄趙景深所輯佚文之事。又第四冊吳昌齡雜劇目次上有附《鬼仔揭缽記》殘本，實際上，並未附。這也可以說是編輯上的一點小疏失。盧前的跋長短不一，長的有數百字，短的僅數十字。所收雜劇作家三十五家，僅第四冊李文蔚沒有跋，不知何故。各家雜劇後附有各個作者的雜劇存目，可以讓讀者得知還有哪些劇本已經亡佚，或可從這些存目追蹤其是否還存在。查洪德、李軍《元代文學文獻學》說：「所收每位作者都附有盧前跋語一篇，介紹其生平和創作風格，並附有其作品的目錄。」（頁94），其實並非每位作者都有跋，所附也非作品目錄，而是已佚作品的存目。

　　盧前《元人雜劇全集》，根據吳梅的〈序〉，本來要出版一百三十多種，但因為日本侵華戰爭爆發，結果只出版了九十九種。[19]收入劇本的總數還不及臧懋循的《元曲選》，以當時所能見到的曲本一百三十多種，未能全部收入，不無遺憾。且編入施蟄存《中國文學珍本叢書》第一輯中，並非獨立成書，讀者除非刻意尋找，很難發現此書。因此並沒有在學術上發揮大的作用，也枉費盧前所付出的心力。

---

18 見趙景深：《元人雜劇鉤沉》（上海：中華書局，1959年10月），頁173-179〈後記〉，引文見頁174。

19 朱禧《盧冀野評傳》說：「遺憾的是，因為日本帝國主義的入侵，原定是十四集的一部書，結果卻只出版了八集，大大降低了它的價值。」

第五節　小結

　　根據前文的論述，盧氏整理曲學文獻的成就，約可歸納出如下的結論：

　　其一，盧前整理曲學文獻可分兩方面來討論：一是校訂刊刻元明人散曲集，首先編輯《元曲別裁集》，為了選出合適的曲子，開始閱讀校訂散曲選集和別集，由元抄及明清。曲集有散佚的，就從各書中輯出曲子，編輯成書，《飲虹簃所刻曲》就是盧前整理散曲文獻最大的成就。在還沒有《全元散曲》、《全明散曲》之前，要了解元明散曲的內容，非讀《飲虹簃所刻曲》不可。

　　其二，盧前深覺要徹底了解元雜劇的整體面貌，光靠《元曲選》等選集是不夠的，乃蒐集當時流傳的《古名家雜劇》、《元明雜劇零種》、《古今雜劇三十種》，去其重複，計有一百三十餘種，收入施蟄存主編的《中國文學珍本叢書》第一輯中。預定出版十四集，其中八集九十九種已出版。未料日軍入侵上海，這部《元人雜劇全集》也暫停出版，由於所收雜劇不夠多，大大降低它的學術價值。

　　其三，要評價盧前整理曲學文獻的成就時，除對他整理著作的內容加以觀察外，也應考慮到他所處的時代環境。盧前處在抗日戰爭最艱難的時期，以個人的力量南北奔波，抄錄各種曲集。如果沒有很高的學術熱忱和意志力，根本難以為繼。他的代表著作《飲虹簃所刻曲》和《元人雜劇全集》，有部分缺失也是可理解的。盧前不應該被遺忘，我們對他的研究正要開始。

第七章
隋樹森元散曲研究述評

第一節　前　言

　　歷來唐詩、宋詞、元曲並稱，都是一代詩歌文學的代表，然元曲所受的重視與關注卻大大不如詩、詞，不僅作家生平湮滅無聞，即使散曲作品也大半散佚。元明時有心人士加以蒐集整理，編為選集，也只是鳳毛麟角，很難看出整個元代散曲創作的全貌。民國以後，受白話文運動的影響，學者開始重視民間文學，元人散曲的研究，在二十世紀才有更大的進展，四〇年代以前，吳梅（1884-1939）及其弟子任中敏、盧前貢獻最多。吳梅著有《南北詞簡譜》、《顧曲麈談》、《曲學通論》等。[1]任中敏著有《散曲概論》、《詞曲通義》，編有《新曲苑》、《散曲叢刊》、《元曲三百首》、《元四家散曲》；盧前著有《中國散曲概論》、《詞曲研究》、《散曲史》，編有《飲虹簃所刻曲》正續集，校訂有《樂府群珠》四卷、《朝野新聲》、《太平樂府》，選注的有《元曲別裁集》二卷、《元明散曲選》，另與任中敏輯校《散曲集叢》。

　　五〇至七〇年代元散曲研究呈現衰落的現象，只有隋樹森在散曲方面有豐碩的成果[2]，他校訂有《陽春白雪》、《太平樂府》、《樂府新

1　研究吳梅的論文甚多，他的全集《吳梅全集》（石家莊：河北教育出版社，2002年）也已出版。

2　此時孫楷第（1898-1986）著有《元曲家考略》（上海：上海古籍出版社，1981年11月），只是學界對於他研究戲曲小說的關照比較多，對他考訂元曲家生平事蹟卻少人注意。

聲》、《樂府群玉》等選集，編纂《全元散曲》、《全元散曲簡編》，並
有散曲論文集《元人散曲論叢》問世。後人對隋樹森研究散曲的整體
成就作綜合探討的論文雖有數篇，但內容稍嫌簡略，不太能充分反映
隋樹森研究散曲的過程、方法和意義。[3]筆者近年關注民國曲學家整
理曲學文獻的探討，在完成任中敏、傅惜華的研究論文之後，本文將
就隋樹森的元散曲研究作一番論述。

第二節　校訂元散曲選集

元代的散曲選集，根據隋樹森的考訂，至少有《江湖清思集》、
《中州元氣》、《仙音妙選》、《曲海》、《百一選曲》、《樂府群珠》、《天
機餘錦》、《天機碎錦》、《片玉珠璣》、《詩酒餘音》、《陽春白雪》、《太
平樂府》、《樂府新聲》、《樂府群玉》等十數種，隋氏以為今存者僅有
最後四種[4]，並為此四種書作校訂。

在隋樹森之前，任中敏曾校過《陽春白雪》、《樂府群玉》，分別
收入任氏所編《散曲叢刊》中；盧前曾校過《太平樂府》，收入《國
學基本叢書》中，也校過《樂府新聲》，收入《四部叢刊三編》中，
各書書末有簡單的校記。隋氏當然知道他們的校勘成果，對任氏校勘

3　綜論隋樹森研究元散曲之成就的論文有兩篇：（1）何貴初〈隋樹森與元曲研究〉，
　　《東南大學學報》（哲學社會科學版）第5卷第1期（2003年1月），頁108-110。（2）
　　王菊豔〈術業專攻 嘉惠後學──隋樹森先生的元散曲研究〉，《沙洲職業工學院學
　　報》第6卷第1期（2003年6月），頁53-55。

4　除四書外，《天機餘錦》現存臺灣國家圖書館，其實是一部詞的總集。詳參黃文吉
　　〈詞學的新發現──明抄本《天機餘錦》之成書及其價值〉，《宋代文學研究叢刊》
　　第3期（1997年9月），頁381-404。又載《詞學》第12輯（2000年4月），頁123-146，
　　另收入黃文吉著：《黃文吉詞學論集》（臺北：臺灣學生書局，2003年11月），頁161-
　　190。

《陽春白雪》的方法也有批評。[5]

隋氏校訂這四本書的時間彼此相差不遠，根據《新校九卷本陽春白雪》書前的〈校例〉，文末署「校訂者隋樹森識　一九五五年於北京」，該書也於一九五七年十一月由北京中華書局出版。《朝野新聲太平樂府》有〈校例〉，文末未署名，當然不會有年月。此書於一九五八年一月由北京中華書局出版。《梨園按試樂府新聲》，無〈校例〉，此書於一九五八年一月由北京中華書局出版。《類聚名賢樂府群玉》書前有〈前言〉，署「隋樹森　一九八〇年於病中」。此書於一九八二年十月由上海古籍出版社出版。他在〈前言〉中說：「前三種散曲選本，我在五十年代校點，並由北京中華書局出版。第四種即《樂府群玉》，因為當時找不到較好的本子，校點了而沒有出版。」引文中所說的「前三種散曲選本」，即指《陽春白雪》、《太平樂府》、《樂府新聲》。可見，隋氏校訂四種元代散曲選本的時間都是二十世紀五〇年代的事，因為《樂府群玉》找不到較好的本子，所以校訂了而沒有出版，直到一九八二年十月才出版。這四本書，可視為隋氏編《全元散曲》的奠基工作。茲將校訂的方法提出討論如下：

（一）搜羅各種版本

隋樹森在校訂《陽春白雪》時，收集到下列三種善本：

1. 元刊十卷本
2. 殘元刊本（僅存二卷，曲數比元刊十卷本的前集五卷為多）
3. 舊抄九卷本

通行本也有三種：

5　見隋樹森校訂：《新校九卷本陽春白雪》（北京：中華書局，1957年11月），〈校訂後記〉，頁204。

1.《隨庵叢書》本

清光緒三十一年（1905）徐乃昌影刻元刊十卷本。雖說是影刻，誤字不少。

2.《散曲叢刊》本

北京中華書局出版，今人任中敏校訂本。此書以元刊十卷本為主，校訂其訛謬，以殘元本所多的小令編為「補集」，共十一卷。

3.《國學基本叢書》本、《萬有文庫》本

上海商務印書館出版，兩者實為一種版本，都是影印《隨庵叢書》本。總計六種版本，隋氏以為舊抄九卷本最好，作校勘時即以此書為底本。

隋氏在校勘《太平樂府》時，蒐集到的版本有：

1. 元刊八卷本
2. 清瞿鏞鐵琴銅劍樓所藏明刊本
3. 明大字本
4. 何夢華舊藏抄本
5. 陶珙刻本
6.《四部叢刊》影印元刊本

隋氏大概認為《四部叢刊》影印元刊本最佳，後來校訂《太平樂府》即以此為底本。

（二）選定底本

校勘時，選底本最為重要。任中敏校勘《陽春白雪》時，表面上以元刊十卷本為底本，實際上是以徐乃昌影刻本為主。這種錯誤的作法，遭到隋樹森的批評。[6]隋氏經過詳細的比對後，發覺舊抄九卷本

6　隋樹森：《新校九卷本陽春白雪》，〈校訂後記〉，頁204。

最好，根據隋氏的論述，該本有以下數項優點：第一，多出六十八段
小令，其中三十一段，不見於他書；十六套套數，其中有十二套不見
於他書。第二，見於他書的，只見於《雍熙樂府》，但《雍熙樂府》
並未註明作者，九卷本因有註明作者，可以解決許多曲子的作者問
題。另外，九卷本所收散曲，也比其他版本要多出許多，隋先生舉例
說明：

1. 有關漢卿的【一枝花】「輕裁蝦萬鬚」套，【喬牌兒】「世情推物
   理」套。
2. 馬致遠的【粉蝶兒】「寰海清夷」套，【夜行船】「酒病花愁」
   套。
3. 鄭德輝小令【塞鴻秋】三段。
4. 薛昂夫的散曲，以前僅有四段小令，九卷本竟加添了二十三段。
5. 陳子厚、孫叔順兩人，明提他們姓名的作品，在散曲選集中並未
   見到，九卷本中有陳子厚的【醉花陰】一套，孫叔順的【一枝
   花】一套和【粉蝶兒】一套。

所以，隋氏在校訂《陽春白雪》時，就以舊抄九卷本為底本，以免重
蹈任中敏的錯誤，隋氏為學之謹慎，於此也可得知一二。

（三）考訂作者、題目

隋氏在《陽春白雪》前〈校例〉第四條說：

> 各曲所附校記，凡有○者，○以上係改訂作者或記其題目，○
> 以下比勘曲文異同。

可見考訂作者和題目是隋氏校訂《陽春白雪》一書的重要工作。《太
平樂府》的〈校例〉也說：

> 凡曲文作者有異說者，無名氏作品在他書中有主名者，皆作校
> 勘記。曲牌誤標，可以據他書或曲情改正者，則將其改正，亦
> 作校勘記。

可知考訂作者和題目，對《太平樂府》一書來說，同樣重要。

（四）作校勘記

把校勘的結果彙為一篇，就是校勘記。但隋氏的校勘記則分散於
各曲文之下。這樣的作法比起任中敏和盧前把校勘記放在書後，有其
閱讀上的方便。隋氏校訂的四本選集，都有相當詳細的校勘記，《陽
春白雪》一書還有〈校訂後記〉，校勘的態度顯然更謹慎。

可惜，隋氏在校訂這四本選集時，體例不太一致。《陽春白雪》
前有〈校例〉，書後有〈校訂後記〉；《太平樂府》只有書前〈校例〉；
《樂府新聲》書前既無〈校例〉，書後也無〈校訂後記〉；《樂府群
玉》書前僅有〈前言〉。隋氏作校訂工作是很嚴謹的，這四本書的體
例為何如此，很難理解。

第三節　編纂《全元散曲》

隋樹森編輯完成《全元散曲》，可說是散曲研究的里程碑。隋氏
的成功，一方面有前人開疆闢土作為奠基，另方面是隋氏鍥而不捨的
苦幹實幹的精神。

二十世紀前期，對元散曲研究最有貢獻的是任中敏和盧前兩位。
一九二五年任中敏編了一本散曲選集，書名《蕩氣迴腸曲》，一九二
六年輯校關漢卿、白樸、馬致遠、鄭光祖等元曲四大家現存的散曲，
編為《元四家散曲》一書。同年，將《元四家散曲》和喬吉、張養浩

的曲集編為《元人散曲三種》。一九三〇年編《元曲三百首》，選元人小令三百四十五首。一九三一年編纂《散曲叢刊》，收元代散曲選集二種，專集四種，明人專集五種，清代六人合刊一種，以及任氏著作《作詞十法疏証》、《散曲概論》和《曲諧》三種，任中敏雖有意編《全元散曲》，可惜未能完成。

盧前不僅是一位曲學理論家，還是一位成績卓著的散曲文獻家。一九二八年編輯《元曲別裁集》，該書〈例言〉說：「他日有暇，擬更廣之，成《全元曲》若干卷，此先聲耳。」一九三〇年編《曲雅》，一九三一年編《南北曲小令譜》，一九三三年編《續曲雅》，一九三七年編《元明散曲選》。一九四七年出版《全元曲》卷一，收元好問等金末元初散曲家十九人的作品。此一元代散曲總集，盧氏已完成一部分。

一九二六年任中敏編《元四家散曲》，是任氏籌畫編輯《全元散曲》的起步，一九二八年盧前編《元曲別裁集》，已有編《全元曲》的構想，一九四七年盧氏所編《全元曲》出版第一冊，任氏後來研究興趣轉到唐代，盧前則於一九五一年逝世，編纂《全元散曲》的重擔，最後就由隋樹森來承繼完成。

隋氏以為要編輯元人散曲，就找材料來說，有三種比較大的困難：

第一，現存的曲集，無論是元人別集或元、明選本，其中都有一些罕見本子，有幾種還是海內孤本，想要找到這些書，不是很容易的。

第二，元代的散曲作家，有別集流傳下來的，只有張養浩、喬吉、張可久、湯式四人，其餘作家的作品，都是零碎地分散在若干種曲選、曲譜、詞集以及不屬於詞曲類的書裏面。想要知道元代都有哪些散曲作家，每位散曲作家各寫過哪些作

品，這也不是很容易的。尤其元代散曲作家流傳下來的作品數量一般比較少，即使是一位比較重要的作家，往往也未必有幾十首甚至未必有十幾首曲子，研究這些作家，更有看到他們現存全部作品的必要。

第三，元曲是一種通俗文學，曲集的精刊本和精抄本比較少，如果不經過一番整理和校勘，讀起來往往很不方便。[7]

找材料有困難，就表示要編輯《全元散曲》困難重重，也因為這件事困難度很高，所以隋氏自一九四七年起即開始編輯《全元散曲》，至一九六四年由北京中華書局出版，前後整整花了十七年的功夫。

《全元散曲》，收入金代元好問迄元末明初湯式、谷子敬等人的散曲兩百一十三家，以及元代和元末明初的無名氏散曲作品，計小令三千八百五十三首（加補遺約三千八百八十五首），套數四百五十七套，另有些殘曲未收。除了極少數無名氏的作品外，大部分作家皆按生年先後排列，每一作家有小傳，各家作品排列先小令，後套數。有別集流傳的作家，如張可久、張養浩、湯式等人，編次一仍其舊。喬吉別集今存《文湖州集詞》和《喬夢符小令》，兩者皆不甚理想，乃重新編輯。

茲將隋氏編纂《全元散曲》一書的方法略述如下：

（一）廣蒐資料

蒐集的對象包括元曲選集，如《陽春白雪》、《太平樂府》、《樂府新聲》、《樂府群玉》、《雍熙樂府》、《北宮詞紀》等。元人作家的別集，如《雲莊樂府》、《喬夢符小令》、《張小山北曲聯樂府》等。

7　見隋樹森：〈《全元散曲》自序〉，收入隋氏著：《元人散曲論叢》（濟南：齊魯書社，1986年11月），頁44-51。

　　此外，隋氏也利用曲選、別集以外的書籍，如曲譜、詞集、筆記等。曲譜方面，有《太和正音譜》、《北詞廣正譜》和《九宮大成南北詞宮譜》等。詞集方面，由於詞牌的名稱和曲牌相似，甚至完全相同，詞與曲中的小令會互相混淆，因此，詞集中往往有散曲的小令在內。像元好問的《遺山樂府》，張弘範的《淮陽樂府》、沈禧的《竹窗詞》和其他元人詞集，隋氏都曾利用過。隋氏也從元明人的筆記中發現少量的小令和套數。

（二）輯集佚曲

　　隋樹森蒐集資料的過程中，從《雍熙樂府》中輯得的曲文最多。《雍熙樂府》所選的曲子，百分之九十以上都沒有註明作者。隋氏利用《錄鬼簿》、《太和正音譜》、《北詞廣正譜》所引用的隻句、單曲作線索，可以在《雍熙樂府》中找到完整的曲子，隋氏舉例說：

> 《錄鬼簿》說蘇彥文「有『地冷天寒』」越調及諸樂府，極佳」。現存的曲選裡，都沒有明題蘇彥文作的曲子；《雍熙樂府》卷十三有越調〈斗鵪鶉〉「地冷天寒」套數，可是沒有注作者。以《錄鬼簿》作根據，就可以從《雍熙樂府》中輯得蘇彥文的一套曲子。[8]

這是利用《錄鬼簿》和《雍熙樂府》對勘，輯得的曲子。隋氏又舉一例云：

> 又如《太和正音譜》引〈月上海棠〉「塵蒙金鎖閑朱幌」一

8　隋樹森：〈《全元散曲》自序〉，《元人散曲論叢》，頁47。

支，注云：「李唐賓散套」。這套完整的曲子，在《雍熙樂府》
中也是有的，即卷十二之雙調〈風入松〉「落花輕蒽暖絲香」
套，但《雍熙樂府》未注作者。[9]

這是用《太和正音譜》和《雍熙樂府》對勘，而得知這些套數的作者
名。《太和正音譜》所引「李唐賓散套」僅有〈月上海棠〉一支曲子，
要查到完整的散套，可說曲海茫茫，不知從何查起。但讀《雍熙樂
府》時，有所謂〈風入松〉套即有這首曲子，《雍熙樂府》大多數曲子
沒有註明作者，所註的【風入松】也是不知作者的曲子中的一套而已。
如將《太和正音譜》和《雍熙樂府》互相參證，就有意外的收穫。

（三）詳作校勘

隋氏對所編的《全元散曲》中作者的異說、題目的差異、字句的
不同，都附有比較詳細的校勘記。隋氏在《全元散曲》〈前言〉，曾談
到作校勘時的困難，他說：

> 元人曲書大部分刊刻不精，脫字脫句，誤字衍文，所在多有。
> 同一首曲子，在不同的選本裡，文字上常有很大的出入，題目
> 和作者也往往不一致。就文字來說，例如馬致遠有八首描繪八
> 景的〈落梅風〉小令，見《陽春白雪》，而《梨園樂府》中也
> 有這八首小令，未注作者。兩書的文字異同很大，其中〈遠浦
> 帆歸〉、〈平沙落雁〉、〈漁村夕照〉三首，僅末句全同，前四句
> 皆異。〈瀟湘夜雨〉、〈江天暮雪〉兩首，竟然完全不同。如果
> 因此便說兩本書裡的這八首曲子根本不是一個人作的，那又不

---

9 隋樹森：〈《全元散曲》自序〉，《元人散曲論叢》，頁47-48。

一定對。明人編的《盛世新聲》、《詞林摘豔》、《雍熙樂府》等曲選裡所收的元人散曲，往往與元人曲書裡的同一作品文字上有很大的差異。一套元人的套數，如果同時見於幾種明人的曲選，撰寫關於它的校勘記，所用的字數往往比原來的曲文還要多，個別的長套，有時用一天的時間不能把它校完。[10]

由於曲文的文字差異太大，要為這些曲子作校勘記可說是件苦差事，隋氏敘述作校勘記的甘苦說：

例如關漢卿的二十換頭雙調〈新水令〉「玉驄絲鞚金鞍韉」，原曲共約八百字，最早見於《梨園樂府》，明人的選本《盛世新聲》、《詞林摘豔》、《雍熙樂府》、《北宮詞紀》也都選了它，《太和正音譜》等曲譜也徵引了其中一些零支的曲子。根據這些資料，寫詳細的校勘記，至少也要寫兩千多字。就元人現存的曲別集來看，只有《張小山北曲聯樂府》與各種選本的文字差異較少；至於像張養浩的《雲莊樂府》和湯舜民的《筆花集》裡的曲子，與選入《雍熙樂府》裡的同一首曲子相比，文字上往往有不少的出入。校勘元人散曲是很費時間的工作，《全元散曲》的校勘記可能失於瑣碎，但對專門研究者也許有些方便。[11]

隋氏花那麼多功夫作校勘記，還謙虛地自言「可能失於瑣碎」，至於這些校勘記只說「對專門研究者也許有些方便」如此而已。把這種造福學界的大事，這樣輕描淡寫，可看出他功成不居的胸襟。

---

10 隋樹森：〈《全元散曲》自序〉，《元人散曲論叢》，頁48-49。
11 隋樹森：〈《全元散曲》自序〉，《元人散曲論叢》，頁49。

（四）註明出處

　　《全元散曲》每首曲子的末尾，不僅註有最早見於何書，並且把其他選有這首曲子的書名，也不厭其煩地一一寫出，如：白樸的小令【仙呂・寄生草】〈飲〉：「長醉後方何礙，不醒時有甚思。糟醃兩個功名字。醅渰千古興亡事，麴埋萬丈虹蜺志，不達時皆笑屈原非，但知音盡說陶潛是。」曲末所註出處有「中原音韻　雍熙樂府一九　堯山堂外記六八　北宮詞紀外集六　天籟集撦遺」等五種[12]，表示有五種書都引到這首曲子，而《中原音韻》是最早的出處。

　　註明出處所以要如此詳盡，隋氏認為有三點用意：其一，把材料來源向讀者做了交代，讀者如果覺得有什麼問題，可以覆檢原書。其二，讀者看了書名，就很容易知道某一首曲子有哪些選本選過它，因此也就知道哪些曲子以往比較為人們所喜愛。其三，專家們根據所注的書名，可以判斷把這首曲子歸某一作家，其可信的程度如何。[13]

（五）撰寫作者小傳

　　編輯總集，編者為了讓讀者讀其書能知其人，大抵都附有作者小傳。此一體例，自清人編《全唐詩》，嚴可均編《全上古秦漢三國六朝文》即有作家小傳，隋氏所編的《全元散曲》也繼承了這個優良傳統。根據《全元散曲》的〈凡例〉，作家小傳主要根據《錄鬼簿》、《錄鬼簿續編》、《元史》和《元詩選》，且兼採近人可信之考證。如：

　　薛昂夫
　　昂夫名超吾，回鶻人，漢姓馬，故亦稱馬昂夫（薛昂夫馬昂夫

12　隋樹森：〈《全元散曲》自序〉，《元人散曲論叢》，頁50。
13　隋樹森：〈《全元散曲》自序〉，《元人散曲論叢》，頁49。

為一人，從孫楷第《元曲家考略・續編》說）。字九皐，官三
衢路達魯花赤。善篆書，有詩名，與薩都剌倡和。周南瑞《天
下同文集》有王德淵之〈薛昂夫詩集序〉，稱其詩詞新嚴飄
逸，如龍駒奮迅，有並驅八駿一日千里之想。〈南曲九宮正始
序〉謂昂夫詞句瀟灑，自命千古一人，深憂斯道不傳，乃廣求
繼己業者，至禱祀天地，遍歷百郡，卒不可得。案《元草堂詩
餘》有九皐司馬昂夫，《詞綜》、《歷代詩餘》俱謂司馬昂夫字
九皐，以司馬為昂夫姓，疑非是。《太和正音譜》以馬九皐與
馬昂夫為二人，亦誤。[14]

這是採用孫楷第所著《元曲家考略》的考證成果。小傳中採用孫式說
法的地方不少。

（六）內容之編排

《全元散曲》的內容，是按作家時代先後編排。但不是每個作家
皆能考知其時代，為了減少失誤，隋氏擬定了四種編排方法：

1. 當時的「公卿大夫居要路者」，生卒年容易考得，編排比較沒問
   題。
2. 生卒年不詳者，可根據鍾嗣成《錄鬼簿》的排列順序編排，因該
   書大體根據作家的世次、存歿排列。
3. 有些作家，近人做過考證，就利用他們的研究成果。
4. 有些作家時代難考者，如《陽春白雪》、《太平樂府》有選他們的
   曲子，就排在選集者楊朝英之前。
   《全元散曲》於一九六四年由北京中華書局出版後，隋樹森繼續

---

14 見《全元散曲》（北京：中華書局，2000年9月），上冊，頁703。

增補資料，一九八一年再版時附有〈補遺〉二十八頁。一九八六年的
〈續補遺〉，達三十一頁之多。可見隋氏對所編的《全元散曲》關愛
之深。除了隋氏自己的補遺之外，另有其他學者的增補達十多篇，各
篇篇目及其內容，詳見郭明芳著〈全元散曲述評〉一文。[15]

《全元散曲》出版後，隋樹森又因為元曲「作品浩瀚，菁蕪雜
陳，檢閱不易」，所以特別選取《全元散曲》中的部分作品，和《全
元散曲》未收入的新發現作品，輯為《全元散曲簡編》，一九八四年
十一月由上海古籍出版社出版。計收散曲作家一百二十九家，小令一
千零八十首，套數一百二十四套。

第四節　建構元散曲理論

一個學科之所以能成立，除了研究對象的文獻資料之外，尚須有
較完備的理論體系。所謂理論體系，不是在該學科成立之前就已存
在，而是在文獻資料中抽繹而成的。散曲的文獻資料，就是元明清三
朝留下來的小令和套數。元代芝庵《唱論》、周德清《中原音韻》，明
代朱權《太和正音譜》、魏良輔《曲律》、呂天成《曲品》，清代梁廷
枏的《曲話》、劉熙載的《曲概》。這些書都有涉及散曲的理論，但吉
光片羽，不成體系。真正有體系的著作，是任中敏的《散曲概論》。
接著，隋樹森作〈元人散曲概論〉和〈散曲作法淺談〉，補充了任氏著
作的不足。

民國二十年（1931），任中敏作《散曲概論》，這是第一本散曲概
論的著作，它奠定了散曲成為獨立學科的理論基礎。該書有二卷，茲
將篇目順序錄之如下：

---

15 郭明芳之文，見林慶彰主編：《中國歷代文學總集述評》（臺北：萬卷樓圖書公司，
2007年10月），頁263-288。

可知全書分為十章，第一章〈序說〉，等於今人寫書之前言、緒論。
第二章〈書録〉，是指歷代有關元散曲的書籍。第三章〈名稱〉，解釋
與散曲有關的各種名稱。

　　第四章〈體段〉，是指散曲的體制，總計臚列十三種體制，並一
一說明。第五章〈用調〉，分論南北曲小令用調。第六章〈作家〉，根
據散曲選集、曲譜增補的作家依次羅列，總計元代散曲作家有兩百二
十七人，明代散曲作家有三百三十人，元明兩代合計有五百五十七
人[16]，清代有七十四人。第七章〈作法〉，是指創作散曲的方法。第八
章〈內容〉，將散曲之性質與詞作比較，從與詞之不同，看出散曲的
內容。第九章〈派別〉，涵虛子列散曲風格有七派，任氏以為豪放、
端謹、清麗三派，已可廣包一切。第十章〈餘論〉，補充前九章未論

---

16 任中敏《散曲概論》卷一〈作家〉部份原作五百六十六人，但元代散曲作家有兩百
　　二十七人，明代散曲作家有三百三十人，總計五百五十七人，可見任氏計算有誤。

及的部份。任氏的著作出版後，近數十年間，未見有比該書更詳細的
散曲概論之著作。儘管其間任氏同門盧前撰有《中國散曲概論》一
書，但並未流傳下來，不詳內容如何。

　　任中敏既撰有內容豐富的《散曲概論》，五十年後，即一九八二
年，隋樹森又發表了〈元人散曲概論〉和〈元人散曲淺談〉[17]，二者
有何異同？隋氏是否有新的見解？茲先將隋氏〈元人散曲概論〉各小
節臚列如下：

　　（1）曲、散曲
　　（2）元人散曲的淵源
　　（3）元人散曲發展小史
　　（4）元人散曲中所反映的社會現實
　　（5）元代散曲作家對政治的態度
　　（6）元人散曲的藝術性
　　（7）元人散曲的題材和流派
　　（8）書目舉要

隋氏此文與任氏之書相重疊的僅第一節〈曲、散曲〉，他討論的是曲
和散曲的名稱與內涵，與任氏的第三章〈名稱〉相近，但稍嫌簡單。
第七節〈元人散曲的題材和流派〉，其中流派部分，與任氏的第九章
〈派別〉相近。第八節〈書目舉要〉，與任氏的第二章〈書錄〉相
近，但隋氏僅舉重要書目，任中敏則羅列元明清三朝的選集和別集數
百種詳作分析，並將各朝的存佚加以說明，對讀者相當有益。也就是

---

17 原發表於《中華文史論叢》1982年2輯（總第22輯）（1982年5月），後來隋氏編《全
元散曲簡編》（上海：上海古籍出版社，1984年10月）將此文作為〈導言〉。後又收
入隋氏著：《元人散曲論叢》，頁1-43。隋氏的〈散曲作法淺談〉，亦收入《元人散曲
論叢》中。

說，隋氏之文，第一、七、八節論題和內容，與任氏之書相近。就內
容來說，此一部分反而任氏之書較為詳盡。隋氏另一文〈散曲作法淺
談〉，則與任氏第七章的〈作法〉相近，隋氏謙說這一篇是「散曲作法
的ABC」，所以內容相當簡要。任氏之書除談散曲的作法之外，還引
用歷代相關文獻作為佐證。就這幾個章節來說，兩人之書各有擅場。
然則隋氏最有創發性的還是在於他能把握散曲的現實性與藝術性。

　　所謂現實性，是指元散曲可以反映社會現實。前人往往以為散曲
是消極的、避世的，隋氏舉許多散曲中的例子，證明散曲也反應社會
現實，如：

1. 劉時中【端正好】〈上高監司〉套數
   敘述江西等地在大旱災荒之下，老百姓到處啃樹皮以野菜充飢的
   情形。

2. 錢霖【哨遍】套數
   刻畫放高利貸者醜陋的嘴臉。

3. 睢景臣【哨遍】
   以輕蔑的態度來嘲諷無上尊嚴的皇帝。

至於小令裡面也有不少是反映當時社會政治的，茲列隋氏所舉例子
如下：

1. 無名氏【醉太平】
   指出大元政府奸佞專權，官吏就像盜賊。

2. 張鳴善【水仙子】
   譏刺當時無論何人皆可充當大官，統治人民。

3. 滕玉霄【普天樂】
   對統治階級不滿，並向他們提出質問。

另外，隋樹森又舉劉時中的【新水令】套〈代馬訴冤〉，姚守中的
【粉蝶兒】套〈牛訴冤〉，曾褐夫的【哨遍】套〈羊訴冤〉，隋氏以為

這些曲文「都是反映封建社會人剝削人，人壓迫人，強者殘害弱者的
狠毒現象的。有的人做了很大的貢獻，卻不得善報，不得善終。這是
作者對當時社會做了深刻觀察，有所感而發的。」[18]

　　以上隋氏所舉例證雖僅有九個，但已足以反映當時的社會現狀。

　　隋樹森也特別著重元散曲的藝術技巧。他曾引朱權的《太和正音
譜》，談到作曲有一些規律，元代散曲家卻能不受限制，隋氏說：

> 就在這些束縛和限制下，作家們仍然創作了許多語言精練、聲
> 調諧美、自然活潑的優秀作品。尤其是描寫風景的小令，往往
> 寥寥數語，使人讀之詩意盎然，就像看到了一幅精妙的山水
> 畫。作者藝術之精湛，真是達到了非常高超的境界。[19]

這段話特別讚許元人寫作散曲時有很精湛的藝術技巧。另外，隋氏將
散曲的題材分為數類，並舉例說明：

　1. 寫景之作，以無名氏【天淨沙】為例。

　2. 咏物之作，以白樸的【醉中天】〈咏美人黑痣〉為例。

　3. 寫情之作，以姚燧【憑欄人】〈寄征衣〉、王廷秀【粉蝶兒】〈怨
　　別〉為例。

　4. 寫相思恨、別離苦之作。

寫相思恨、別離苦的作品很多，但隋氏並沒有舉例。他解釋此種題材
的作品所以會很多，是因為：

> 這大概是因為封建社會男女之間社交不公開，不能自由來往，
> 阻礙和限制很嚴，男女接觸不易，因此，寫男女關係的題材自

18　隋樹森：〈元人散曲概論〉，《元人散曲論叢》，頁21。

19　隋樹森：〈元人散曲概論〉，《元人散曲論叢》，頁31。

然會多起來。加以古時交通不便，或仕宦，或經商，或從事其
他職業，出門之後，都不是短期間就能同家人團聚的。在這種
情形下，男女見一次面，往往比牛郎、織女會面一次的時間還
要長，離情別緒，自然不時發生。因此，寫散曲也就往往以此
為題目了。[20]

此外，隋氏也注意到元人散曲中，有些玩弄文字遊戲的作品，主
要有嵌字、疊字、集專名、用韻四類，隋氏認為這類文字遊戲也有藝
術技巧在內，所以作了解說。如嵌字格舉貫雲石《清江引》咏〈立
春〉云：

金釵影搖春燕斜，木杪生春葉。水塘春始波，火候春初熱。土
牛兒載將春到也。

以金、木、水、火、土分別冠於每句之首，並在每句之中各用
「春」字。另喬吉有一首《天淨沙》小令，通篇用疊字：

鶯鶯燕燕春春，花花柳柳真真，事事風風韻韻，嬌嬌嫩嫩，停
停當當人人。

第五節　小結

從以上的論述，可以得知隋樹森研究散曲的貢獻，至少有下列
三項：

---

20 隋樹森：〈元人散曲概論〉，《元人散曲論叢》，頁34。

其一，校訂元散曲選集。今存元散曲選集有《陽春白雪》、《太平樂府》、《樂府新聲》、《樂府群玉》四種。之前任中敏、盧前也校訂過其中一兩種，但流於簡略。隋氏重校，廣蒐各種版本，慎作校記。對隋氏《全元散曲》的編輯工作，奠定良好的基礎。美中不足的是，隋氏所校訂的四本書，《陽春白雪》前有〈校例〉，書後有〈校訂後記〉；《太平樂府》僅有書前〈校例〉；《樂府新聲》既無〈校例〉，也無〈校後記〉；《樂府群玉》書前有〈前言〉，無〈校例〉和〈校後記〉。體例不太統一。

其二，編纂《全元散曲》。隋氏從一九四七年開始編纂《全元散曲》，一九六四年出版，歷十七年之久，計收散曲家兩百一十三家，小令三千八百五十三首，套數四百五十七套。隋氏編輯《全元散曲》的方法有廣蒐資料、輯集佚曲、詳作校勘、說明出處、撰寫作者小傳、內容之編排等項。《全元散曲》一出版，隋氏自作補遺先後兩次，其他學者作補正者有十餘篇論文。

其三，建構元散曲理論。民國二十年（1931），任中敏作《散曲概論》二卷，奠定散曲理論之基礎。五十年後，隋樹森作〈元人散曲概論〉和〈散曲作法淺談〉兩篇文章，隋氏之文有些章節雖與任氏之書相近，但兩者各有優點。隋氏最有創見的是強調散曲的現實性與藝術性。現實性指散曲反映社會政治現實；藝術性指散曲創作時的藝術技巧，隋氏舉不少實例來證成自己的說法。

第八章
傅惜華撰寫戲曲書目提要的貢獻

第一節　前言

　　傅惜華這個名字對一般人來說聽起來有點陌生，何以故？是因為傅惜華前半生的學術活動恰好是臺灣的日據時代，所以很少人聽到他的名字。他的後半生臺灣又處於戒嚴時代，一切大陸的出版品都嚴禁輸入，不可能從書上得知傅惜華這個人。而且他的專長是戲曲目錄學，目錄學到現在還被譏笑為書皮學，查目錄就像呼吸空氣一樣，沒有人感謝它。到現在還被視為無關痛癢的學科，所以認不認識傅惜華，也就無關緊要了。雖然如此，傅惜華在學術界確實有他的貢獻，我們先從他的傳記資料來開始了解他吧。

　　傅惜華（1907-1970）原名傅寶堃，又名傅寶泉，筆名仲涵、寒山、寒廬、曲荅，號碧渠館主等。滿族正白旗富察氏，北京人。生於清光緒三十三年六月十五日，卒於一九七〇年十二月二十三日，享年六十四歲。民國十三年（1924）畢業於北京蒙藏專門學校政治經濟專科。自民國十四年（1925）起，便擔任《北京畫報》、《南金雜誌》的編輯，後又擔任《民言報》〈戲劇周刊〉、《大公報》〈劇壇〉等報的副刊主編。民國十五年（1926）在北京《益世報》發表〈戲曲會考〉一文。一九三一年起任梅蘭芳、余叔岩、齊如山等人組織的北京國劇學會編纂部主任、代理事長，並主編《國劇畫報》、《戲劇叢刊》。一九三五年出版《中國國劇學會圖書館書目》，同年又在《大公報》〈劇壇〉、《北平晨報》〈國劇周刊〉發表《綴玉軒藏曲志》和《碧蕖館藏

曲志》。一九三八年被聘為東方文化事業委員會所屬的北平人文科學研究所，撰寫《續修四庫全書總目提要》（戲曲類）的提要稿。至一九四五年日本戰敗，計撰寫提要稿四百四十七篇。一九四一年被聘為北京大學文學院講師，講授戲曲、小說史課程。組織中國音樂研究會、崑曲研究會等。一九四八年任中國大學國文系教授，並兼當時法國巴黎大學北京中法漢學研究所編纂；同年與其兄傅芸子共同主編《華北日報》〈俗文學〉周刊。一九四九年以後任中國戲曲研究院研究員兼圖書館館長，這期間撰有《中國古典戲曲論著集成》、《中國古典戲曲總錄》、《寶卷總錄》、《子弟書總目》、《曲藝論叢》、《白蛇傳集》、《西廂記說唱集》、《水滸戲曲集》等。至於他最鍾愛的《中國古典戲曲總錄》，本來要出八種，僅出版四種，這是傅氏一生最大的遺憾，但這已是新中國成立以後的事，不在本題目討論範圍之內。傅惜華先生畢生從事於戲曲、曲藝、小說、民間藝術、民俗等資料的收集與研究工作，是中國戲曲、曲藝理論家、古典文學研究家、收藏家。[1]以上是傅惜華簡略的傳記資料，下面我們就來論述他編輯書目的成就。

第二節　所編書目概述

傅氏自著專書和論文並不是很多，編輯的著作則有十餘種，詳見本文附錄。其中貢獻最大的，應是《中國古典戲曲總錄》。《總錄》本要出版八種，現僅出版四種，元代雜劇全目、明代雜劇全目、清代雜劇全目、明代傳奇全目，清代傳奇全目文稿遺失，無法出版，不過這都是新中國成立以後的事，不應列入民國時期來討論，本文只討論民國時期傅惜華所編寫的書目內容和特色。

1　參考（1）湯草元、陶雄主編：《中國戲曲曲藝辭典》（上海：上海辭書出版社，1981年9月），頁297，「傅惜華」條。（2）葉長海等主編：《中國曲學大辭典》（杭州：浙江教育出版社，1997年12月），頁911。

（一）未附有提要的書目

　　中國古代的書目從劉歆《七略》開始都未有提要，正史的藝文志和經籍志也都僅列書名、卷數和作者而已，所以未附有提要的書目是中國三千多年來的一種文化傳統。

　　1.《北平中國國劇學會圖書館書目》　傅惜華編　1935年

　　本書目共三卷，在書前〈例言〉中提出戲曲類的問題，作者將戲曲分為雅部和花部，古代流傳的南北劇及弋陽腔為雅部，清代以後發展的地方戲，如皮黃、秦腔等為花部。雅部包括曲律、曲品、叢編、雜劇、傳奇、散曲選、曲譜、弋腔、身段譜、鑼鼓譜等類。花部包括通論、史料、彙編、皮黃、秦腔等類。其他類則有音樂、韻學、彈詞等類。傅惜華在本書所作花部、雅部的分類，是該圖書館索書的分類，而不是戲曲上所謂花部、雅部的分類，請讀者不要誤會。

（二）附有提要的書目

　　中國的第一本書目是劉向的《別錄》，雖然已經亡佚，但從後代的輯本，可以看出它是有提要的。後來像陳振孫《直齋書錄解題》、晁公武的《郡齋讀書志》、尤袤的《遂初堂書目》、和元代馬端臨的《文獻通考》〈經籍考〉都是有提要的。到了清乾隆時代修纂《四庫全書》，將書前提要彙集成一書，稱為《四庫全書總目》，是有提要書目的白眉。但以上這些書目都不收戲曲類的書，收戲曲類書籍的專科目錄，是佚名的《傳奇彙考》和《樂府考略》，以及黃文暘的《曲海總目提要》。再來就是傅惜華所撰的《綴玉軒藏曲志》、《碧蘧館藏曲志》以及《續修四庫全書總目提要》（戲曲類），稱為三種提要目錄。由於三種提要目錄是傅惜華在民國時期編纂的最重要的目錄，本書另闢專節討論，在此不贅。

　　傅惜華編著的有提要的目錄，最受人關注的就是《中國古典戲曲總錄》。

　　《中國古典戲曲總錄》專門著錄宋、金、元、明、清五個朝代戲曲家之作品，包括雜劇、戲文、院本、傳奇等古典劇本，和後人研究古典戲曲的資料條目。全書八編，茲分別敘述如下：

　　（一）《宋金元雜劇院本全目》

　　　　本書預計列入《中國古典戲曲總錄》第一種，未完成。

　　（二）《宋元戲文全目》

　　　　本書預計列入《中國古典戲曲總錄》第二種，未完成。

　　（三）《元代雜劇全目》

　　　　北京　作家出版社　1957年12月

　　本書為傅氏《中國古典戲曲總錄》第三種。

　　全書分六卷：卷一，元代初期雜劇作家作品（上）；卷二，元代初期雜劇作家作品（下）；卷三，元代中期雜劇作家作品；卷四，元代末期雜劇作家作品；卷五，元代姓名無考之雜劇作品；卷六，元明間無名氏作家之雜劇作品。共收錄元雜劇七百三十七種，包括元代姓名可考者五百種，元代無名氏作品五十種，元明之間無名氏作品一百八十七種。書後附有〈引用書籍解題〉、〈作家名號索引〉、〈雜劇名目索引〉等三種。

　　本書臺灣世界書局有翻印本，唯將書名改為《元雜劇考》，作者改名為「傅大興」。[2]

　　（四）《明代雜劇全目》

　　　　北京　作家出版社　1958年5月

　　本書為傅氏《中國古典戲曲總錄》第四種。

2　世界書局本除篡改作者和書名外，另刪去〈「中國戲曲史資料叢刊」緣起〉、〈出版說明〉、〈例言〉第一條，和〈例言〉末所署「傅惜華一九五四年十月初稿」等字。

全書分三卷：卷一，前期雜劇家作品；卷二，後期雜劇家作品；卷三，無名氏作家作品。共著錄明代雜劇五百二十三種，包括有姓名可考者三百四十九種，無名氏作品一百七十四種。書後附有〈引用書籍解題〉、〈作家名號索引〉、〈雜劇名目索引〉等三種。

本書臺灣世界書局有翻印本，唯將書名改為《明雜劇考》，作者改名為「傅大興」。[3]

（五）《明代傳奇全目》

　　　北京　作家出版社　1959年12月

本書為傅氏《中國古典戲曲總錄》第五種。

全書分六卷：卷一，南戲復興時期傳奇家作品；卷二，崑曲繁盛時期傳奇家作品（上）；卷三，崑曲繁盛時期傳奇家作品（中）；卷四，崑曲繁盛時期傳奇家作品（下）；卷五，明代無名氏傳奇家作品（上）；卷六，明代無名氏傳奇家作品（下）。共收錄明代傳奇九百五十種，包括有姓名可考者六百一十八種，無名氏作品三百三十二種。書末附有〈引用書籍解題〉、〈作家名號索引〉、〈傳奇名目索引〉等三種。

（六）《清代雜劇全目》

　　　北京　人民文學出版社　1981年2月

本書為傅氏《中國古典戲曲總錄》第六種。

本書共分十卷：卷一，清初時期（上），包括明末至清順治時；卷二，清初時期（下），包括康熙、雍正時；卷三，清中葉時期（上），包括乾隆時；卷四，清中葉時期（中），包括嘉慶時；卷五，清中葉時期（下），包括嘉慶以前時之無名氏作品。卷六，清末時期，包括道光、咸豐、同治、光緒、宣統時期，是地方戲勃興以後之雜劇作品。卷七至卷十，為清代宮廷所編之「承應戲」作品目錄。

3　見卷前〈補充說明〉。

本書共著錄清代雜劇約一千三百種,其中包括有姓名可考者五百五十種,無名氏作品七百五十種。書末附有〈清末至建國前雜劇簡目〉。

本書早在一九六一年十二月完稿付排,並於一九六四年十月打好紙型待印。後因十年文革動亂,間隔十八年才正式出版。[4]

(七)《清代傳奇全目》

本書為傅氏《中國古典戲曲總錄》第七種。

書稿於一九六四年交給出版社,因十年動亂,書稿遺失,現殘存手稿七頁,其中目錄一頁,例言五頁,例言資料補充一頁。根據例言第二條,本書分為十卷:卷一,清初時期(上),著錄明末至清順治時傳奇作品;卷二,清初時期(中),著錄康熙時傳奇作品;卷三,清初時期(下),著錄雍正時傳奇作品;卷四,清中葉時期(上),著錄乾隆時傳奇作品;卷五,清中葉時期(下),著錄嘉慶時作品;蓋以上乃戲曲史中之崑曲繁盛以至衰微時期。卷六,清末時期,著錄道光、咸豐、同治、光緒、宣統時傳奇作品,以上系地方戲曲之勃興時期。卷七,清代無名氏傳奇作品(上),著錄凡見於各家戲曲書錄記載之清代無名氏傳奇作品,雖作者姓名已不可稽,然據其所著錄時代,或現存版本內容,盡量詳考,酌其時期先後而排列之。卷八,清代無名氏傳奇家作品(下),著錄從未見於各家戲曲書錄記載之清代無名氏傳奇作品,具有現存版本,故亦按其抄寫鐫刻之時代先後,依次排列;卷九,承應大戲;卷十,承應傳奇,均為清代宮廷編制、重訂之所謂「承應戲」作品。另有附錄一〈清代承應大戲傳奇存疑目〉;附錄二:〈解放建國前傳奇簡目〉、〈引用書籍解題〉、〈作家名號索引〉、〈傳奇名目索引〉。

---

4 根據劉效民:〈記傅惜華《清代傳奇全目》手稿殘頁〉,《文獻季刊》2002年1期,頁279。

根據例言第九條，本書共收錄清代傳奇一千六百零三種，包括有姓名可考者一千零四種，無名氏作品五百九十九種。[5]

（八）《中國古典戲曲研究書目》

本書預計列入傅氏《中國古典戲曲總錄》第八種，未完成。

以上《中國古典戲曲總錄》八種，實際完成的五種，《清代傳奇全目》書稿遺失，僅存四種。這套中國傳統戲曲的總帳冊，雖未能全部完成，但從現存四種書目，也足以看出傅氏所下的功夫。這四種書目已完成半個世紀，新編的各種戲曲目錄也不少，但仍舊無法取代傅氏的書目。傅氏書目的貢獻，也可以從這裡得知一二。

第三節　綴玉軒、碧蕖館藏曲志

這兩本有提要的目錄，綴玉軒是梅蘭芳的書齋名，《綴玉軒藏曲志》是傅惜華為梅蘭芳所藏善本戲曲書所作的提要，一九三五年出版後，學界並沒有什麼反應，所以也沒有再版。要寫提要必須先有劇本，傅惜華在書前的序言說：

> 清季故都梨園世家，以藏鈔本戲曲稱者，厥為金貴陳氏、懷甯曹氏。是兩家所藏，約計四千餘冊。乙丑歲，陳嘉梁氏逝於舊京，未幾，遺書讓歸泰縣梅浣華、北平程玉霜二氏。其餘散出，亦皆為公私藏家所收，得以保存，亦云幸矣。浣華劇藝湛深，家學淵源。其先祖慧仙，昔主四喜部時，家中所藏戲曲，即已著稱于時。而浣華又得陳氏遺書，鄴架復增，蔚然大觀。

5　姚燮：《今樂考證》，頁102。收入《中國古典戲曲論著集成》（北京：中國戲劇出版社，1959年7月），第10冊。

> 嘗謂余云：庚子拳亂之際，家中書物，毀於兵燹者甚多，及今
> 思之，猶復痛惜也。

可見綴玉軒曲本的來源有二：其一，祖父梅巧玲所遺留下來的書。其
二，從陳金雀後代購買來的。有了這些曲本，傅惜華才能順利的完成
這本著作。

本書連續發表於各報刊，後集結成書。其二十四本劇目如下：
（1）《桃符記》、（2）《獅吼記》、（3）《元宵鬧》、（4）《雙福壽》、（5）
《御雪豹》、（6）《聚寶盆》、（7）《兩度梅》、（8）《雙冠誥》、（9）《稱
人心》、（10）《長生樂》、（11）《情中幻》、（12）《太平祥瑞》、（13）
《福壽榮》、（14）《雷峰塔》、（15）《珍珠塔》、（16）《三笑姻緣》、（17）
《倭袍記》、（18）《五義風》、（19）《雙金牌》、（20）《銀瓶牡丹》、
（21）《小金錢》、（22）《劉海圓》（23）《興唐傳》、（24）《南瓜傳》。

書前有傅惜華的序言，所署的日期為甲戌仲冬，即民國二十三年
（1934）。正文為二十四種雜劇傳奇的提要，每一提要長約二千字左
右，其內容傅惜華在序言中說：

> 考其作者，詳記行款，撮述梗概，並稽本事出處，辨證是非，
> 附誌梨園有無搬演，藉覘其劇存佚，或亦可備治明清劇曲者之
> 一參考焉。

由此可看出傅惜華所寫的提要體例非常周詳完備，不但考訂作者姓
名，每頁行款多少，說明版本源流及歷代著錄狀況，並敘述劇本情節
大要，以及故事來源。其中最大的特色就是有無搬演，這是很難做到
的事，如果不是到處打聽，不可能紀錄得這麼詳細。

碧葉館是傅惜華的書齋名，碧葉館藏曲志是他所藏善本戲曲二十

一種劇本的提要，首先發表於：

（1）《大公報》〈劇壇〉，民國二十四年（1935）三月十九、二十
　　　一、二十三、二十七日，五月十一、十二、十三、二十八、
　　　二十九日及六月一日。

（2）《北平晨報》〈國劇周刊〉，民國二十五年（1936）六月四、十
　　　一日，七月二十三、三十日，八月十三日。

　　但是並未結集成書，後人以為已出版，但總找不到書。所收劇本
二十一種，分別為：《桃符記》、《義俠記》、《金丸記》、《鮫綃記》、
《雙珠記》、《橘浦記》、《靈犀佩》、《水滸記》、《宵光劍》、《東郭
記》、《元宵鬧》、《金鎖記》、《鸞鎞記》、《遍地錦》、《萬事足》、《牧羊
記》、《釵釧記》、《千祥記》、《金雀記》、《碧雲霄霞》、《封神天榜》。[6]

第四節　《續修四庫全書總目提要》（戲曲類）提要

　　清光緒二十六年（庚子，1900）義和團之亂清朝戰敗，賠償八國
聯軍，各國都領到賠償金。日本把領到的賠償金作學術研究，在中國
設立東方文化事業總委員會，其下有北京人文科學研究所，和上海自
然科學研究所。北京人文科學研究所的任務，就是邀請中日雙方學者
撰寫《續修四庫全書總目提要》，當時參加的學者很多，都是一時名
流，傅惜華擔任小說類戲曲提要的撰寫。[7]當時中日雙方約定，提要
的打印稿寄送一份給東方文化學院京都研究所（即今京都大學人文科
學研究所）作為檔案。後由於中日雙方戰事吃緊，學者就不再寄了。

6　以上參見吳尚儒撰《傅惜華古典戲曲整理之研究》（臺北大學古典文獻與民俗藝術
　　研究所碩士論文，2014年6月），頁53-54。
7　當時戲曲包括在小說類內，戲曲並未獨立成類，後人為了方便稱呼，命名為〈戲曲
　　類〉。

　　一九七一年左右，平岡武夫教授跟王夢鷗先生談到京都大學人文科學研究所確實存有這些提要稿，不久王雲五到日本訪問，就把稿件帶回，加以整理，重新打字分類，其所收的提要僅一萬多篇，這就是臺灣商務印書館版《續修四庫全書總目》提要的由來。整理時因為沒有原稿核對，所以錯字、漏字、句讀、分類都有問題。新中國成立以後，第二次大戰日本戰敗投降，提要稿撥歸中國社會科學院圖書館保管。一九九三年中科院有意將提要稿整理出版，但只整理了經部，就因經費不足而被迫中斷。因只出版經部，使用上仍不方便，一九九六年山東齊魯書社將全部文稿影印出版，共計三萬多篇，精裝成三十七冊，這就是齊魯書社版提要。但是因為是稿本影印，字體不統一，字跡不易辨認，規格行款也不一。所以二○○二年由復旦大學圖書館吳格教授領銜重新整理，迄今已十五年，不知進度如何。

　　《續修四庫全書總目提要》（戲曲類）中，由傅惜華所撰寫的提要共有四百四十七篇，其與《綴玉軒藏曲志》、《碧蕖館藏曲志》的寫作方式一樣，只是比較短而已。

　　二○一○年謝雍君將傅惜華所撰的《綴玉軒藏曲志》、《碧蕖館藏曲志》和《續修四庫全書總目提要》（戲曲類），三種有提要的書目，將其提要重新編排，合為一書，題名為《傅惜華古典戲曲提要箋證》。這書所謂的「箋證」，內容大概是說明劇本的出處，還有與此劇本相關的記事，另有校記，對傅惜華所撰的文稿作校勘。

　　唯有一點可提出討論者，是將三書合為一書，雖方便學者檢閱，但對傅惜華目錄學的思想有否轉變就不易得知。如能在保存三書原貌的情況下作箋證或許比較妥當。另外作者在前言中說道，《綴玉軒藏曲志》收提要二十四篇，《碧蕖館藏曲志》收提要二十一篇，《續修四庫全書總目提要》（戲曲類）收提要四百四十七篇，總計四百九十二篇，而不是作者所謂的四百七十三篇。

第五節　小結

　　第一，《綴玉軒藏曲志》、《碧蕖館藏曲志》以及《續修四庫全書總目提要》（戲曲類）這三種有提要的書目，其內容體例都是一樣的。即考訂作者姓名，每頁行款多少，說明版本源流及歷代著錄狀況，並敘述劇本情節大要和故事來源，以及各劇目各地有無搬演。這如果不是傅惜華心中有一個標準體例，不可能寫出如此整齊一致的提要。另外劇本搬演的紀錄也是前人所沒有的，要到處打聽。雖未必完備，但精神毅力令人敬佩。尤其他能看到戲曲的獨特性是在於舞台演出，這是看出戲劇生命力的重要指標。

　　第二，傅惜華所撰的提要內容相當完備，包括作者考訂、版本源流、劇情大要、演出狀況等。其中作者考訂和版本源流最為棘手，必須翻查許多書籍才能有些許成果。傅惜華也因這種磨練，為後來編寫《古典戲曲總錄》奠定了良好的基礎。如果沒有三種提要目錄的文獻基礎，《古典戲曲總錄》不可能在三年內完成了四種。有了三種提要目錄的基礎，《中國古代戲曲總錄》資料更為豐富、編排更為合理、考訂更為精審，並糾正了三種提要目錄個別錯誤之處。

第九章
總結

　　就曲學的研究來說，由於民國學者的努力，使曲學成為一門新興的學科，研究曲的學者都是大學教授，無形中也提升了曲學的價值，就曲學文獻的整理來說，他們的成果也非常豐碩。

（一）散曲方面

　　元人的散曲集，到清末已亡佚殆盡，任中敏、盧前、隋樹森分別從各種元散曲選集中，輯出散曲遺文。任中敏編成《散曲叢刊》、盧前編成《飲虹簃所刻曲》、隋樹森編成《全元散曲》，尤其隋樹森的書已成為編輯總集體例的典範，謝伯陽的《全明散曲》、《全清散曲》的體例，即由隋氏的書而來。

（二）戲曲方面

1 校勘

　　盧前編《元人雜劇全集》時，每一位作家的劇本都有跋。鄭振鐸為所藏善本戲曲作題跋，有七、八百餘則，對曲學界都有幫助。

2 輯佚

　　大多在輯集北劇與戲文的遺文。戲文方面，有葉恭綽發現的《永樂大典戲文三種》。大陸文革過後，錢南揚進一步作《永樂大典戲文三種校注》。錢南揚有《宋元南戲百一錄》，新中國成立後，更輯有

《宋元戲文輯佚》。趙景深有《元人雜劇輯佚》，新中國成立後又有《元人雜劇鈎沉》。

3 校注

民國時期成果比較少，新中國成立後，各種曲本的校注多了起來，連《元曲選》這麼大部頭的書也有《元曲選校注》。

4 編書目

傅惜華所撰寫的《續修四庫全書總目提要》（戲曲類），有七百四十多篇提要，體例嚴謹，資料豐富。新中國成立後，出版《中國古典戲曲總錄》，雖未完全出版，但已嘉惠學者很多。

5 編戲曲集

民國時期有顧頡剛編《孟姜女故事集》，新中國成立以後，傅惜華編《水滸戲曲集》，到了文革後，已出版四十多種。

6 編輯叢書

民國時期所編的戲曲叢書並不多，《永樂大典戲文三種》可以算一種叢書。新中國成立以後，編輯叢書的風氣大盛，大概戲曲叢書就有十多種。

以上敘述民國時期學者整理散曲和戲曲文獻的成就和貢獻，雖然成果比明清兩代來得更有系統，但因時局動盪，且沒有申請研究經費，大多是用個人的財力在支撐，這就很難有更大規模的成果出現。

從以上的說明，可以看出民國時期整理曲學文獻有下列三點特色：

第一，用個人的財力來支持研究，經費非常拮倨。第二，民國時期整理散曲的成果比較少，整理戲曲的成果比較多。第三，整理的重

點在校勘和輯佚等基礎工作，文本如果有錯誤就需要校勘，資料如果散失亡佚就需要輯佚，這樣曲本才能適於閱讀。

　　由於民國時期的學者對曲學研究奠定了堅實的基礎，民國三十八年以後，曲學文獻的整理就更加風起雲湧。新時期以來，由於各大學設立古籍研究所，培養了不少人才，整理成果更加豐富。在臺灣，鄭騫教授任教數十年弟子眾多，但大都偏重文本的研究，《北曲新譜》就是對曲譜所做的整理。

參考文獻

一　圖書文獻

1. 《曲錄》二卷　王國維著
  陳乃乾編《曲苑》，民國10年海寧陳氏影印巾箱本

2. 《曲錄》六卷　王國維著
  清宣統元年（1909）番禺沈氏刊晨風閣叢書本

3. 錄鬼簿校注　王國維著
  王國維戲曲論文集　臺北市　里仁書局　1993年9月

4. 錄曲餘談　王國維著
  王國維戲曲論文集　臺北市　里仁書局　1993年9月

5. 武林舊事　周密著
  百部叢書集成影印知不足齋叢書本　總集　臺北縣　板橋市
  藝文印書館

6. 傳奇彙考標目　無名氏著
  中國古典戲曲論著集成　第八集　北京市　中國戲劇出版社
  1982年11月

7. 重訂曲海總目　黃文暘著
  中國古典戲曲論著集成　第七集　北京市　中國戲劇出版社
  1982年11月

8. 綴玉軒藏曲志　傅惜華著
  自印本　1934年

北京市　作家出版社　1957年12月

9.北平國劇學會圖書館書目三卷　傅惜華編

北平市　國劇學會圖書館　1935年

北京市　作家出版社　1993年

10.元代雜劇全目　傅惜華著

北京市　作家出版社　1957年12月

11.明代雜劇全目　傅惜華著

北京市　作家出版社　1958年

12.明代傳奇全目　傅惜華著

北京市　人民文學出版社　1959年

13.清代雜劇全目　傅惜華著

北京市　人民文學出版社　1981年

14.中國曲學大辭典　齊森華、陳多、葉長海主編

杭州市　浙江教育出版社　1997年12月

15.傳奇彙考　佚名撰

北京市　書目文獻出版社　1994年3月

16.曲海總目提要　董康編定

天津市　天津古籍書店　1992年6月

17.古典戲曲存目彙考　莊一拂編著

上海市　上海古籍出版社　1982年12月

18.書舶庸譚　董康著

臺北市　廣文書局　1967年8月

19.二十世紀俗文學周刊總目　關家錚編著

濟南市　齊魯書社　2007年1月

20.傅惜華古典戲曲提要箋證　謝雍君著

北京市　學苑出版社　2010年8月

21. 20世紀戲曲文獻學述略　苗懷明著

北京市　中華書局　2005年6月

22. 中國古代戲曲目錄研究　王瑜瑜著

北京市　人民文學出版社　2013年6月

23. 中國古代戲曲目錄研究綜錄　倪莉著

北京市　知識產權出版社　2010年11月

24. 二十世紀發現戲曲文獻及其整理研究論著目錄　李占鵬著

北京市　人民出版社　2013年2月

25. 傅惜華古典戲曲整理之研究　吳尚儒撰

新北市　臺北大學古典文獻與民俗藝術研究所碩士論文　2014

年6月

26. 中國近代戲曲編年（1840-1919）　趙山林著

上海　華東師範大學出版社　2008年9月

二　傳記

1. 列朝詩集小傳　錢謙益著

臺北市　世界書局　1961年12月

2. 王國維年譜長編　袁英光、劉寅生著

天津市　天津人民出版社　1996年10月

3. 王國維傳　竇忠如著

天津市　百花文藝出版社　2007年8月

4. 王國維評傳　蕭艾著

臺北縣　板橋市　駱駝出版社　1987年7月

5. 從二北到半塘——文史學家任中敏　陳文和、鄧杰編

南京市　南京大學出版社　2000年3月

6. 吳梅評傳　王衛民著

　　北京市　社會科學文獻出版社　1995年4月

7. 鄭振鐸傳　陳福康著

　　上海市　上海外語教育出版社　2009年7月

8. 鄭振鐸年譜　陳福康著

　　太原市　山西教育出版社　2008年10月

9. 最後十年（1949-1958）——鄭振鐸日記

　　鄭州市　大眾出版社　2005年11月

10. 盧冀野評傳　朱禧編著

　　南京市　江蘇古籍出版社　1994年11月

三　曲學通論

1. 曲品　呂天成著

　　中國古典戲曲論著集成　第六集　北京市　中國戲劇出版社
　　1982年11月

2. 曲學通論　吳梅著

　　臺北市　學人月刊社　1971年5月

3. 散曲概論　任中敏著

　　散曲叢刊本

4. 中國戲劇學通論　趙山林著

　　合肥市　安徽教育出版社　1996年12月

5. 中國古典戲曲的認識與欣賞　曾永義著

　　臺北市　正中書局　1991年11月

6. 中國古典戲劇論集　曾永義著

　　臺北市　聯經出版公司　1975年11月

7. 詩歌與戲曲　曾永義著
　　臺北市　聯經出版公司　1988年7月

四　戲曲史

1. 宋元戲曲史　王國維著
　　臺北市　臺灣商務印書館　2001年5月
2. 評《宋元戲曲史》　傅斯年著
　　《新潮》　第一卷1號　1919年1月
3. 中國古代曲學史　李尚榮著
　　上海市　華東師範大學出版社　1997年12月
4. 明清戲曲史　吳梅著
　　臺北市　臺灣商務印書館　1971年10月

五　文集、全集

1. 吳梅全集　王衛民編校
　　石家莊　河北教育出版社　2002年7月
2. 鄭振鐸文集　鄭振鐸著
　　北京市　人民文學出版社　1988年5月
3. 全元散曲　隋樹森編
　　北京市　中華書局　1964年2月
4. 古典戲曲存目彙考　莊一拂編著
　　上海市　上海古籍出版社　1982年12月
5. 元人雜劇全集　盧前編
　　上海市　上海雜誌公司　1935年11月

附錄一
王國維曲學相關著作目錄

一　圖書文獻

1. 周大武樂章考

   北京市　學苑出版社　2002年

2. 唐宋大曲考

   民國丁卯（1927）年海甯王氏排印石印本

   上海市　六藝書局　1932年

   上海市　商務印書館　1940年

   臺北縣　板橋市　藝文印書館　1951年

   臺北縣　板橋市　藝文印書館　1975年

   臺北縣　板橋市　臺灣商務印書館　1979年

   杭州市　浙江教育出版社　2009年

3. 唐韻別考一卷

   上海　倉聖明智大學　1917年

   臺北市　藝文印書館　1971年

4. 紅樓夢評論

   臺北市　天華出版事業公司　1979年

   上海市　上海古籍出版社　2005年

   上海市　上海古籍出版社　2011年

5. 韻學餘說一卷

   上海　倉聖明智大學　1917年

臺北市　藝文印書館　1971年

二　戲曲

1. 宋元戲曲史

上海　商務印書館　1923年

上海　商務印書館　1926年

民國丁卯（1927）年海甯王氏排印石印本

上海市　商務印書館　1930年

上海市　六藝書局　1932年

上海市　商務印書館　1934年

上海市　商務印書館　1940年

臺北市　藝文印書館　1951年

臺北市　文星書店　1965年

臺北市　臺灣商務印書館　1968年

臺北市　河洛圖書出版社　1975年

臺北市　臺灣商務印書館　1975年

臺北市　臺灣商務印書館　1976年

臺北市　臺灣商務印書館　1979年

上海市　上海書店　1989年

北京市　東方出版社　1996年

海口市　海南國際出版中心　1996年

東京都　平凡社　1997年

上海市　上海古籍出版社　1998年

臺北市　臺灣古籍出版公司　2003年

南京市　鳳凰出版社　2010年

臺北市　五南文化事業機構　2012年

2.戲曲考原

清宣統元年（1909）番禺沈氏刊本

上海市　六藝書局　1932年

上海市　商務印書館　1940年

臺北市　藝文印書館　1951年

臺北市　新文豐出版公司　1989年

臺北縣　板橋市　藝文印書館　1975年

臺北市　臺灣商務印書館　1976年

臺北市　臺灣商務印書館　1979年

上海市　上海書店　1994年

合肥市　黃山書社　2008年

杭州市　浙江教育出版社　2009年

北京市　中國書店　出版年不詳

3.宋元戲曲史疏證

上海市　復旦大學出版社　2004年

4.王國維：歷史、文學、戲曲論稿

北京市　中國畫報出版社　2013年

5.論曲五種

臺北縣　板橋市　藝文印書館　1951年

臺北縣　板橋市　藝文印書館　1975年

6.錄曲餘談

民國丁卯（1927）年海甯王氏排印石印本

上海市　六藝書局　1932年

上海市　商務印書館　1940年

臺北縣　板橋市　藝文印書館　1951年

臺北縣　板橋市　藝文印書館　1975年

臺北市　臺灣商務印書館　1976年

臺北市　臺灣商務印書館　1979年

杭州市　浙江教育出版社　2009年

7.古劇腳色考

上海市　商務印書館　1940年

臺北市　藝文印書館　1951年

臺北市　藝文印書館　1975年

臺北市　臺灣商務印書館　1976年

臺北市　臺灣商務印書館　1979年

杭州市　浙江教育出版社　2009年

8.王國維論劇

北京市　中國戲劇出版社　2010年

9.優語錄

民國丁卯（1927）年海甯王氏排印石印本

上海市　六藝書局　1932年

上海市　商務印書館　1940年

臺北縣　板橋市　藝文印書館　1951年

臺北縣　板橋市　藝文印書館　1975年

臺北市　臺灣商務印書館　1976年

臺北市　臺灣商務印書館　1979年

杭州市　浙江教育出版社　2009年

三　叢書

1. 王國維哲學美學論文輯佚

   上海市　華東師範大學出版社　1993年

2. 古今雜劇三十種　（元）佚名撰　王國維編

   北京市　出版者不詳　1924年　日本大正三年（1914）京都帝
   國大學景印元刊本

3. 曲錄六卷

   清宣統元年（1909）番禺沈氏刊本

   民國丁卯（1927）年海甯王氏排印石印本

   上海市　六藝書局　1932年

   上海市　商務印書館　1940年

   臺北縣　藝文印書館　1971年

   臺北市　臺灣商務印書館　1976年

   臺北市　臺灣商務印書館　1979年

   臺北市　新文豐出版公司　1989年

   上海市　上海書店　1994年

   杭州市　浙江教育出版社　2009年

   揚州市　廣陵書社　2009年

   北京市　中國書店　出版年不詳

4. 新編錄鬼簿校注　（元）鍾嗣成著　王國維校注

   民國丁卯（1927）年海甯王氏排印石印本

   杭州市　浙江教育出版社　2009年

5. 王國維戲曲論文集

   北京市　中國戲劇出版社　1957年

   北京市　中國戲劇出版社　1984年

北京市　中國戲劇出版社　1986年

臺北市　里仁書局　1993年

（1）上古至五代之戲劇　頁5-20

（2）宋之滑稽戲　頁21-36

（3）宋之小說雜劇　頁37-42

（4）宋之樂曲　頁43-58

（5）宋官本雜劇段數　頁59-70

（6）金院本名目　頁71-76

（7）古劇之結構　頁77-80

（8）元雜劇之淵源　頁81-90

（9）元劇之時地　頁91-98

（10）元劇之存亡　頁99-116

（11）元劇之結構　頁117-122

（12）元劇之文章　頁123-132

（13）元院本　頁137-148

（14）南戲之淵源及時代　頁149-158

（15）元南戲之文章　頁159-165

（16）餘論　頁166-74

（17）唐宋大曲考　頁175-230

（18）戲曲考原　頁231-260

（19）古劇腳色考　頁261-282

（20）優語錄　頁283-302

（21）錄曲餘談　頁303-318

（22）錄鬼簿校注　頁319-382

（23）戲曲散論　頁383-406

四　單篇論文

1. 紅樓夢評論

　　幼獅月刊　第34卷第3期　頁72-75　1971年9月

　　中國文選　第56集　頁94-114　1971年12月

2. 文學小言

　　中國文選　第55集　頁49-52　1971年11月

附錄二
任中敏著作目錄

編輯說明

1. 任中敏先生雖為一代曲學大師，但並沒有學者為他編輯完整的著作目錄。本目錄根據各種目錄和索引，編輯而成。

2. 本目錄將任先生的著作分為詞曲類、戲曲類、敦煌曲類、唐樂曲類、年譜類等五大類。各類下大抵分自著、編輯、校訂等小類。

3. 每一書著錄書名、作者、出版項（出版地、出版者、頁數、出版年月），任氏名字、字號、筆名有任訥、任二北、任中敏、任半塘等，各書皆依所署名字著錄。

4. 本目錄是利用既有的目錄、工具書，並覆查中央研究院傅斯年圖書館、文哲所圖書館之藏書編輯而成，難免有所遺漏，敬請方家賜予教正。

一　詞曲類

（一）自著

1. 散曲之研究　任半塘
   東方雜誌　23卷7期　1926年4月10日
2. 散曲之研究（續1、2）　任半塘
   東方雜誌　24卷5期　1927年3月10日
   東方雜誌　24卷6期　1927年3月25日

3. 散曲概論　任訥著

　　《散曲叢刊》第14種　上海市　中華書局　1931年

4. 詞曲通義　任中敏編

　　上海市　商務印書館　60頁　1931年2月

5. 詞學研究法　任二北著

　　上海市　商務印書館　77頁　1935年8月（王雲五主編《國學小叢書》）

　　重慶市　商務印書館　65頁　1943年8月

（二）編輯

1. 盪氣迴腸曲　任中敏編

　　上海市　商務印書館　1925年

2. 散曲叢刊　任訥編輯

　　上海市　中華書局線裝本2函　1931年

　　臺北市　臺灣中華書局　1964年4月

3. 元人散曲三種　任中敏編

　　上海市　中華書局　1927年

4. 元曲三百首　任中敏選

　　上海市　民智書局　1927年

　　上海市　中華書局　1931年

5. 元曲三百首　任中敏編　盧前重訂

　　重慶市　中華書局　60頁　1945年1月初版

　　上海市　中華書局　60頁　1947年1月滬再版

6. 散曲集叢　任訥編

　　長沙市　商務印書館　1941年

7. 沜東樂府補遺一卷　（明）康海撰　任訥補遺

《散曲叢刊》第7種　上海市　中華書局　1931年

8.楊升庵夫婦散曲　任訥編

上海市　商務印書館　1934年

上海市　中華書局　1940年

揚州市　江蘇廣陵古籍刻印社　1980年

（三）校訂

1.北曲拾遺　任訥、盧前合校

上海市　商務印書館　1935年

2.曲選　盧前編選　任中敏校

重慶市　國立編譯館　54頁　1944年5月

3.元曲別裁集　盧前編　任訥校

上海市　開明書店　1928年

臺北市　臺灣開明書店　1964年11月臺1版

4.雲莊休居自適樂府　張養浩撰　任二北校錄

長沙市　商務印書館　1941年7月

二　戲曲類

（一）自著

1.唐戲弄（上、下冊）　任半塘著

北京市　作家出版社　1069頁　1958年6月

上海市　上海古籍出版社　1984年10月

2.戲曲、戲弄與戲象　任二北著

戲劇論叢　1957年第1輯　頁25-41　1957年2月27日

3.幾點簡單說明——答文眾、黃芝岡兩先生　任二北著

戲劇論叢　1957年第2輯　頁163-166　1957年5月27日

4.駁我國戲劇出於傀儡戲影戲說　任二北著

戲劇論叢　1958年2期　頁177-215

5.唐戲述要　任二北著

文學遺產增刊　第1輯　頁215-225　北京市　作家出版社　1955年9月

6.唐代能有雜劇嗎　任二北著

四川大學學報（社會科學版）　1956年第2期　頁1-35

7.對王國維戲曲理論的簡評　任中敏著

戲曲論叢　1983年4期　頁125-127　1983年12月

（二）編輯

1.新曲苑　任中敏輯

上海市　中華書局　1940年10月聚珍仿宋排印本

2.優語集　任二北編著

上海市　上海文藝出版社　1981年1月

3.曲海揚波　任訥

《新曲苑》附錄　上海市　中華書局　1940年10月

4.曲諧四卷　任訥撰

《散曲叢刊》第15種　上海市　中華書局　1931年

（三）疏證

1.中原音韻作詞十法疏證一卷　（元）周德清撰　任訥疏證

上海　中華書局　1924年

《散曲叢刊》第13種　上海市　中華書局　1931年

2.元人曲論　（元）周德清撰　任中敏解說[1]　蝸廬（曹聚仁）
校讀

上海　梁溪圖書館　1926年3月初版

南京市　大中書局　1932年9月再版　文藝叢書（二）　62頁

臺北市　廣文書局　1921年12月（與盧前《曲雅》合冊）

三　敦煌曲類

（一）自著

1. 敦煌曲初探　任二北著

上海市　上海文藝聯合出版社　493頁　1954年11月（中國戲
曲理論叢書）

（二）編校

1.敦煌曲校錄　任二北著

上海市　上海文藝聯合出版社　204頁　1955年5月（中國戲曲
理論叢書）

2.敦煌歌辭總編　任二北輯

上海市　上海古籍出版社　1987年12月

1　按此書內正文首頁書名作《中原音韻作詞十法》，作者題「元周德清挺齋著抄坿任
　　中敏先生按語」。正文各段落之後有「任按」的按語，這些按語今皆可在任氏的
　　《中原音韻作詞十法疏證》中找到，但文句略有出入。任氏在作《疏證》之前，讀
　　《中原音韻・作詞十法》時可能有批語，將這些批語排在各段落之後，加上「仁
　　按」，即成此書。是否如此，尚有待考訂。

四　唐樂曲類

1. 古歌辭中的和聲與疊句　任二北著

   文學遺產增刊　第6輯　頁45-58　北京市　作家出版社　1958年5月

2. 關於唐曲子問題　任半塘著

   文學遺產　1980年第2期　頁43-51　1980年9月

3. 唐聲詩之範圍與定義　任二北著

   四川大學學報（社會科學版）　1957年第3期　頁93-120

4. 唐聲詩（上、下冊）　任二北著

   上海市　上海古籍出版社　1982年12月

5. 隋唐五代燕樂雅言歌詞集　任二北著

   成都市　巴蜀書社　1990年6月

6. 教坊記箋訂　（唐）崔令欽撰　任半塘箋訂

   北京市　中華書局　288頁　1962年7月

   臺北市　宏業書局　1973年1月

五　年譜類

1. 夏完淳年譜一卷　任中敏撰

   《獄中草》一卷附錄　臺北市　世界書局　1985年

附錄三
鄭振鐸曲學相關著作目錄

一　圖書文獻

1. 困學集　鄭振鐸著
   長沙市　商務印書館　1941年
2. 鄭振鐸全集　鄭振鐸著
   石家莊市　花山文藝出版社　1998年
3. 漫步書林　鄭振鐸著
   北京市　中華書局　2008年

二　國學

1. 國學的歷史　桑兵、張凱等編
   北京市　國家圖書館出版社　2010年

三　中國文學

1. 中國文學史　鄭振鐸著
   上海市　商務印書館　出版年疑為民國19年
   北平市　樸社出版部　1932年
   出版地　出版社待考　1957年
   臺北市　明倫出版社　1969年

北京市　中國文史出版社　2015年

2. 中國文學研究　鄭振鐸著

上海市　商務印書館　1927年

北京市　作家出版社　1957年

香港　古文書局　1961年

香港　龍門書店　1968年

上海市　上海書店　1981年

上海市　上海書店　1990年

石家莊市　花山文藝出版社　1998年

北京市　人民文學出版社　2000年

3. 插圖本中國文學史　鄭振鐸著

北平市　北平樸社出版部　1932年

北京市　作家出版社　1957年

北平市　文學古籍刊行社　1959年

北京市　人民文學出版社　1982年

臺北市　宏業書局　1987年

石家莊市　花山文藝出版社　1998年

上海市　上海人民出版社　2005年

4. 中國文學論集　鄭振鐸撰

上海市　開明書店　1934年

台中市　文听閣圖書公司　2011年

5. 民俗學淺說　柯克士著　鄭振鐸著

上海市　商務印書館　1934年

石家莊市　花山文藝出版社　1998年

6. 我與文學：文學一週紀念特輯　鄭振鐸、傅東華編

上海市　生活書店　1934年、1937年

　　上海市　上海書店　1981年、1984年

7.文學論爭集　鄭振鐸編選　趙家璧主編

　　上海市　良友圖書公司　1935年

　　臺北市　業強出版社　1990年

8.晚清文選　鄭振鐸編

　　上海市　生活書店　1937年

　　上海市　上海書店　1987年

　　北京市　中國社會科學出版社　2002年

　　北京市　中國人民大學出版社　2012年

9.中國俗文學史　鄭振鐸著

　　上海市　商務印書館　1938年

　　北平市　文學古籍刊行社　1953年

　　北京市　作家出版社　1954年

　　北京市　文學古籍刊行社　1959年

　　臺北市　明倫出版社　1972年

　　臺北市　平平出版社　1974年

　　上海市　上海書店　1984年

　　北京市　東方出版社　1996年

　　石家莊市　花山文藝出版社　1998年

　　上海市　上海人民出版社　2006年

10.文學大綱　鄭振鐸著

　　上海市　商務印書館　1939年

　　上海市　上海書店　1986年、1992年

　　石家莊市　花山文藝出版社　1998年

11.民族文話　鄭振鐸著

　　上海市　國際文化服務社　1946年

12. 研究中國文學的新途徑　鄭振鐸著
　　香港　龍門書店　1969年
13. 中國文學研究新編　文基原著[1]
　　臺北市　明倫出版社　1971年
14. 世界文學史綱　郭源新著[2]
　　臺北市　明倫出版社　1971年
15. 文學百題　鄭振鐸、傅東華編
　　香港　波文書局　1975年
16. 鄭振鐸古典文學論文集　鄭振鐸編著
　　上海市　上海古籍出版社　1984年、2009年
17. 中國文學散論與民間文學
　　臺北市　華嚴出版社　1993年
18. 鄭振鐸說俗文學　鄭振鐸撰
　　上海市　上海古籍出版社　2000年
19. 鄭振鐸談文學　鄭振鐸著
　　北京市　長征出版社　2008年
20. 鄭振鐸講文學　鄭振鐸著
　　南京市　鳳凰出版社　2009年
21. 詞史　鄭振鐸著
　　天津市　南開大學出版社　2017年

1　本書為鄭振鐸所作，出版商翻印時，篡改作者為「文基」。
2　本書為鄭振鐸所作，郭源新為其筆名。

四　戲曲

1. 白雪遺音選　西諦選編

   上海市　開明書店　1930年

2. 清人雜劇初集四十種　鄭振鐸輯

   自印本　民國20年1月

3. 清人雜劇二集　鄭振鐸編

   自印本　民國23年

   香港　龍門書店　1931年

4. 「詞林摘豔」裡的劇本及散曲作家考　鄭振鐸著

   上海市　暨南大學出版社　1937年

5. 中國戲曲的選本　鄭振鐸著

   香港　龍門書店　1969年

6. 元明戲曲葉子・離騷圖・凌煙閣功臣圖・無雙譜・白嶽凝煙・

   授衣廣訓　鄭振鐸編

   上海市　上海古籍出版社　1988年

7. 西諦所藏善本戲曲目錄　鄭振鐸編

   北京市　商務印書館　2005年

   揚州市　廣陵書社　2009年

8. 西諦所藏彈詞目錄　鄭振鐸著

   北京市　商務印書館　2005年

9. 元明以來雜劇總錄　鄭振鐸撰

   揚州市　廣陵書社　2009年

10. 鄭振鐸文集・第五卷〈第三章戲曲研究〉　鄭振鐸著

    北京市　人民文學出版社　1988年5月

（1）元明之際文壇概觀

（2）元代公案劇產生的原因及其特質

（3）論元人所寫商人、士子、妓女間的三角戀愛劇

（4）淨與丑

（5）論北劇的楔子

（6）西廂記的本來面目是怎樣的？

（7）重刻元本題評音釋西廂記

（8）西游記雜劇

（9）鈔本百種傳奇的發現

（10）姚梅伯的今樂府選

（11）中國戲曲史資料的新損失與新發現

（12）詞林摘豔裡的戲劇作家及散曲作家考

（13）元刊本（待查）琵琶記

（14）投筆記

（15）買胭脂

（16）魯智深的家庭

（17）武松與其妻賈氏

（18）讀曲雜錄

（19）修文記跋

（20）博笑記跋

（21）鄒式金雜劇新編跋

（22）清人雜劇初集序

（23）清人雜劇二集題記

（24）清代燕都梨園史料序

（25）綴白裘索引

五　藝術

1. 文藝復興　鄭振鐸、李健吾主編
   上海市　上海文藝復興社　1946-1947年

六　生平

1. 劫中得書記　鄭振鐸著
   上海市　古典文學出版社　1956年
   臺北市　成文出版社　1978年
   臺北市　木鐸出版社　1982年
2. 鄭振鐸文集　鄭振鐸著
   北京市　人民文學出版社　1959年
3. 鄭振鐸書簡　鄭振鐸著
   上海市　學林出版社　1984年
4. 鄭振鐸先生書信集　鄭振鐸著
   上海市　上海古籍出版社　1988年
5. 最後十年　鄭振鐸著
   鄭州市　大象出版社　2005年
6. 鄭振鐸日記全編　鄭振鐸著
   太原市　山西古籍出版社　2006年
7. 失書記　鄭振鐸作
   臺北市　網路與書出版　大塊文化發行　2007年
8. 鄭振鐸自述　鄭振鐸著
   合肥市　安徽文藝出版社　2013年

七　叢書

1. 中國文學研究叢編　鄭振鐸著
   香港　龍門書店　1969年
2. 玄覽堂叢書十二種　鄭振鐸編
   東京市　高橋寫真會社　1977年
3. 玄覽堂叢書二十種　鄭振鐸編
   揚州市　江蘇廣陵古籍刻印社　1987年
4. 清人雜劇初集四十種　鄭振鐸輯
   自印本　1931年1月
5. 清人雜劇二集　鄭振鐸輯
   自印本　1934年10月
6. 孤本元明雜劇　鄭振鐸輯
   自印本
   上海市　商務印書館　1941年4月
7. 長樂鄭氏彙印傳奇第一集　鄭振鐸輯
   自印本
   上海市　商務印書館　1945年4月
8. 古本戲曲叢刊初集　古本戲曲叢刊編輯委員會　（鄭振鐸主持）
   上海市　商務印書館　1950年2月
9. 古本戲曲叢刊二集　古本戲曲叢刊編輯委員會　（鄭振鐸主持）
   上海市　商務印書館　1955年7月
10. 古本戲曲叢刊三集　古本戲曲叢刊編輯委員會　（鄭振鐸主持）
    上海市　商務印書館　1957年2月
11. 古本戲曲叢刊四集　古本戲曲叢刊編輯委員會　（鄭振鐸主持）
    上海市　商務印書館　1958年12月

八　單篇論文

1. 來件：明年的小說月報

   晨報副刊　頁4　1923年12月24日

2. 答「關於《文學大綱》的幾點疑問」

   晨報副刊　頁8　1925年5月23日

3. 論北劇的楔子（附表）

   留英學報　第2期　頁35-53　1928年

4. 五代文學

   小說月報　第20卷第5期　頁67-88　1929年

5. 水滸傳的續書

   文學周報　第9卷第3期　頁1-4　1929年

6. 敦煌俗文學的價值及其影響

   我們的園地：文學期刊　創刊號　頁44-53　1929年

7. 中國小說史的分期　鄭振鐸主講　沈祖牟筆記

   社會評論　第2卷第2期　頁1-5　1929年

8. 且慢談所謂「國學」

   小說月報　第20卷第1期　頁15-20　1929年

9. 關於遊仙窟

   文學周報　第8卷第1-4期　頁34-42　1929年

10. 雜劇的轉變

    小說月報（上海1910）　第21卷第1期　頁1-63　1930年

11. 文哲講座：元代的雜劇

    （初）學生雜誌　第18卷第8期　頁35-48　1931年

    （中）學生雜誌　第18卷第9期　頁38-47　1931年

    （下）學生雜誌　第18卷第10期　頁32-42　1931年

12. 清人雜劇初集序言

　　國立北平圖書館館刊　第5卷第2期　頁11-14　1931年

13. 中國文學史序

　　東方雜誌　第29卷第4期　頁8　1932年

14. 明代的「時曲」

　　文學雜誌（北平）　第1卷第2期　頁1-3　1933年

15. 三十年來中國文學新資料的發現史略

　　文學（上海1933）　第2卷第6期　頁964-982　1934年6月

16. 與葉公超書（論《插圖本中國文學史二冊》）

　　新月　第4卷第7期　頁121-126　1933年

17. 大眾文學與為大眾的文學

　　文學季刊（北平）　第1卷第1期　頁4-13　1934年

18. 清初到中葉的長篇小說的發展

　　申報月刊　第3卷第7期　頁71-76　1934年

　　（續）申報月刊　第3卷第8期　頁103-108　1934年

19. 論元人所寫商人士子妓女間的三角戀愛劇

　　文學季刊（北平）　第1卷第4期　頁160-170　1934年

20. 題辭：鄭振鐸先生題辭

　　申報月刊　第4卷第6期　頁1　1935年

　　詞學季刊　第3卷第1期　頁2　1936年

21. 選文小記

　　中流（上海1936）　第1卷第4期　頁211-213　1936年

22. 中國文學史的目的

　　西北風　第15期　頁6-7　1937年

23. 鄒式金雜劇新編跋（附圖）

　　國立暨南大學圖書館館報　第2期　頁11-14　1937年

24. 明鈔本錄鬼簿跋

　　文藝春秋（上海1944）　第3卷第5期　頁1　1946年

25. 關漢卿──我國十三世紀的偉大戲曲家

　　戲劇報　1958年6期　頁3-6　1958年

26. 西諦所藏善本戲曲題識

　　文學評論　1961年5期　頁96-101　1961年

27. 西諦題跋

　　文學評論　1961年　頁102-107　1961年10月

28. 西諦藏書題跋選錄

　　圖書館學通訊　1983年　頁72-79　1983年5月

29. 《西諦題跋》選　鄭振鐸撰　吳曉鈴輯

　　文學遺產　1983年　頁131-140　1983年5月

30. 研究中國文學的新途徑

　　古典文學知識　1986年第7期　頁20-27　1986年7月

附錄四
盧前著作目錄

一　專著

（一）自著

1. 何謂文學

   上海市　大東書局　1930年

   盧前文史論稿　北京　中華書局　2006年4月

2. 八股文小史

   上海市　商務印書館　106頁　1937年5月（王雲五主編《國學小叢書》）

   盧前文史論稿　北京　中華書局　2006年4月

3. 中國戲劇概論

   上海市　世界書局　299頁　1934年3月

   上海市　世界書局　160頁　1944年4月新一版（劉麟生主編《中國文學叢書》）

   中國文學八論（劉麟生編）　第6種　香港　南國出版社　1961年9月

   中國文學　第6種　臺北市　清流出版社　1971年（書名改作《中國戲劇論》）

   中國文學八論（劉麟生編）　第6種　臺北　文馨出版社　1975年

中國文學八論（劉麟生編） 第6種 北京 中國書店 1985年
6月

民國叢書 第四編 4063冊 上海市 上海書店 704頁 1992年

4. 盧前小疏小令

線裝1冊

5. 讀曲小識

長沙市 商務印書館 172頁 1940年10月；1941年6月再版

盧前曲學四種 北京市 中華書局 2006年4月

6. 論曲絕句

成都 國立成都大學 1912年

上海 開明書店 1931年

盧前曲學四種 北京市 中華書局 2006年4月

7. 飲虹曲話

河南馬集文齋民國間刊本

盧前曲學四種 北京市 中華書局 2006年4月

8. 明清戲曲史

南京市 鍾山書局 114頁 1933年12月（中山學術講座第8種）

上海市 商務印書館 107頁 1935年6月初版；1935年10月再
版（王雲五主編《國學小叢書》）

香港 商務印書館 1961年5月

盧前曲學四種 北京市 中華書局 2006年4月

9. 曲韻舉隅

上海市 中華書局 64頁 1937年12月

10. 廣中原音韻小令定格

上海市 中華書局 98頁 1937年12月

上海市 國立暨南大學出版社 80頁 1937年

11. 詞曲研究

　　上海市　中華書局　208頁　1934年12月

　　昆明市　中華書局　218頁　1940年5月再版；1941年2月3版

　　臺北市　臺灣中華書局　1970年4月

12. 柴室小品

　　盧前筆記雜鈔　北京市　中華書局　2006年4月

13. 丁乙間四記

　　南京市　讀者之友社　1946年8月

　　盧前筆記雜鈔　北京市　中華書局　2006年4月

14. 冶城話舊

　　盧前筆記雜鈔　北京市　中華書局　2006年4月

15. 東山瑣綴

　　南京市　江寧文獻委員會編印　1948年10月

　　盧前筆記雜鈔　北京市　中華書局　2006年4月

16. 冀野選集

　　重慶　中國文化服務社　1947年

17. 舊體詩選

　　盧前詩詞曲選　北京市　中華書局　2006年4月

18. 散曲選

　　盧前詩詞曲選　北京市　中華書局　2006年4月

19. 中興鼓吹四卷

　　南京市　南京獨立出版社　1947年

　　盧前詩詞曲選　北京市　中華書局　2006年4月

20. 飲虹樂府

　　揚州市　江蘇古籍刻印社　1979年重印本

21. 飲虹五種

　　盧前詩詞曲選　北京市　中華書局　2006年4月

22. 春雨

　　南京　南京書店　1926年

　　上海市　開明書店　1937年3版

　　盧前詩詞曲選　北京市　中華書局　2006年4月

23. 綠簾

　　上海市　開明書店　1934年再版

　　盧前詩詞曲選　北京市　中華書局　2006年4月

（二）選注

　1. 唐宋傳奇選　盧冀野選注

　　　長沙　商務印書館　185頁　1937年

　2. 明雜劇選　盧冀野選注

　　　上海　商務印書館　78頁　1937年5月

　　　上海　商務印書館　78頁　1947年2月3版

（三）編校

　1. 樂府群珠（四卷）　（明）無名氏輯　盧前校

　　　上海市　商務印書館　1955年9月

　　　臺北市　世界書局　297頁　1961年10月；1968年11月再版

　　　（楊家駱主編《中國學術名著‧曲學叢書》第二集，第三冊）

　2. 朝野新聲太平樂府　（元）楊朝英輯　盧前校

　　　長沙市　商務印書館　上、下冊　1939年3月（《國學基本叢
　　　書》）

　3. 朝野新聲太平樂府　楊朝英輯　盧前校訂

　　　北京市　文學古籍刊行社　1955年1月

4.朝野新聲太平樂府（九卷）　（元）楊朝英編　盧前校

　　臺北市　世界書局　1冊　1961年11月；1968年11月再版（楊

　　家駱主編《中國學術名著・曲學叢書》第二集，第一冊）

5.梨園按試樂府新聲　盧前校

　　四部叢刊三編　集部　上海市　商務印書館　1冊　1936年3月

6.元曲別裁集　盧前編

　　上海市　開明書店　1928年9月

　　臺北市　臺灣開明書店　1954年臺1版

7.元曲三百首　任訥編　盧前重訂

　　上海市　中華書局　1949年1月

8.北曲拾遺　任訥　盧前校訂

　　上海市　商務印書館　1935年8月

9.紅雪樓逸稿　蔣士銓著　盧前校訂

　　上海市　中華書局　1936年10月

10.清都散客二種・芳茹園樂府　趙南星著　盧前校訂

　　上海市　中華書局　1936年10月

　　鄭州市　中州古籍出版社　1991年10月

11.疏齋小令　盧摯著　盧前輯校

　　長沙市　商務印書館　1941年7月

12.宛轉歌　馮夢龍著　盧前輯校

　　長沙市　商務印書館　1941年7月

13.方諸館樂府　王驥德著　盧前輯校

　　長沙市　商務印書館　1941年7月

14.濠上齋樂府　陳所聞著　盧前輯校

　　長沙市　商務印書館　1941年7月

　　臺北市　臺灣商務印書館　1973年2月臺1版

15. 元人雜劇全集　盧前編

上海市　上海雜誌公司　8冊　1935年11月-1936年8月（施蟄
存編《中國文學珍本叢書》第1輯）

第1冊　364頁　1935年11月（《中國文學珍本叢書》 第1輯，11種）

第2冊　298頁　1936年1月（《中國文學珍本叢書》 第1輯，18種）

第3冊　460頁　1936年2月（《中國文學珍本叢書》 第1輯，22種）

第4冊　316頁　1936年3月（《中國文學珍本叢書》 第1輯，28種）

第5冊　360頁　1936年4月（《中國文學珍本叢書》 第1輯，33種）

第6冊　310頁　1936年5月（《中國文學珍本叢書》 第1輯，38種）

第7冊　266頁　1936年7月（《中國文學珍本叢書》 第1輯，43種）

第8冊　306頁　1936年8月（《中國文學珍本叢書》 第1輯，45種）

（三）叢書

1. 飲虹簃所刻曲　盧前編

臺北市　世界書局　1961年9月

臺北市　世界書局　1971年9月；1985年11月3版（楊家駱編
《中國學術名著‧曲學叢書》第2輯，第5冊）

2. 盧前曲學四種　盧前著

北京市　中華書局　2006年4月（冀野文鈔）

（1）明清戲曲史

（2）讀曲小識

（3）論曲絕句

（4）飲虹曲話

附錄

（1）盧冀野懷念師尊（張友鸞）

（2）盧前齋偷書記（趙景深）

3.盧前文史論稿　盧前著

　　北京市　中華書局　328頁　2006年4月（冀野文鈔）

　　（1）何謂文學

　　（2）酒邊集

　　（3）八股文小史

　　（4）民族詩歌論集

　　附錄：記盧冀野先生（謝冰瑩）

4.盧前筆記雜鈔　盧前著

　　北京市　中華書局　509頁　2006年4月（冀野文鈔）

　　（1）柴室小品

　　（2）丁乙間四記

　　（3）冶城話舊

　　（4）東山瑣綴

　　附錄一

　　（1）盧冀野先生逝世（《大報》）

　　（2）悼盧冀野先生（丹蘋）

　　（3）悼冀野先生（勤孟）

　　（4）懷念盧冀野（左黃）

　　（5）冀野之死（大旂）

　　附錄二

　　（1）盧前傳

　　（2）諸家評記

5.盧前詩詞曲選　盧前著

　　北京市　中華書局　299頁　2006年4月（冀野文鈔）

　　（1）春雨

　　（2）綠簾

（3）舊體詩選

（4）中興鼓吹

（5）散曲選

（6）飲虹五種

附錄諸家評紀

（四）論文集

1. 酒邊集

上海市　會文堂新記書局　255頁　1934年

盧前文史論稿　北京市　中華書局　2006年4月

2. 民族詩歌論集

重慶市　國民圖書出版社　1940年

盧前文史論稿　北京市　中華書局　2006年4月

二　單篇論文

（一）圖書文獻

1. 愛讀書四種

青年界　第8卷1期　頁35-36　1935年6月

（二）學術思想

1. 泰州學派源流述略

東南論衡　第1卷7期　頁14-16　1926年5月

2. 太古學派之沿革及其思想

東方雜誌　第24卷14期　頁71-75　1927年7月

（三）歷史文化

1. 西夏文化輪廓

　　新中華　復刊　第1卷10期　頁70-79　1943年10月

（四）文學

1. 中國文學史上一個轉變的時代

　　新中華　復刊　第2卷4期　頁105-110　1944年4月

2. 清代大詩人一瞥

　　東南論衡　第1卷12期　頁16-18　1926年6月

3. 道藏及大藏經中散曲之結集——附論回回曲

　　復旦學報　第3期　頁567-579　1947年5月

4. 讀道藏中之自然集

　　暨南學報　第1卷2期　頁259-262　1936年6月

　　想像力的世界：二十世紀道教與古代文學論叢（吳光正等主

　　編）　哈爾濱市　黑龍江人民出版社　2006年

5. 曹氏藏鈔本戲曲敍錄

　　暨南學報　第2卷2期　頁221-276　1937年6月

6. 答青木正兒教授書

　　酒邊集　頁5-10　上海市　會文堂新記書局　1934年6月

7. 評鹽谷溫《元曲解說）

　　說文　第2卷11期　頁49-51　1941年2月

8. 郭禿解

　　酒邊集　頁11-12　上海市　會文堂新記書局　1934年6月

9. 詞曲文辨

　　酒邊集　頁47-56　上海市　會文堂新記書局　1934年6月

10. 鼓子詞談

　　酒邊集　頁57-68　上海市　會文堂新記書局　1934年6月

11. 墜子

　　酒邊集　頁69-70　上海市　會文堂新記書局　1934年6月

12. 彈詞

　　酒邊集　頁71-88　上海市　會文堂新記書局　1934年6月

13. 蜀高腔

　　酒邊集　頁89-94　上海市　會文堂新記書局　1934年6月

14. 類似曲

　　酒邊集　頁99-114　上海市　會文堂新記書局　1934年6月

15. 述劉鑑泉

　　酒邊集　頁161-168　上海市　會文堂新記書局　1934年6月

16. 兩家戲曲題記

　　酒邊集　頁169-172　上海市　會文堂新記書局　1934年6月

17. 樂府新聲序

　　酒邊集　頁177-180　上海市　會文堂新記書局　1934年6月

18. 醜齋樂府序

　　酒邊集　頁181-182　上海市　會文堂新記書局　1934年6月

19. 中國戲曲所受印度文學及佛教之影響

　　文史雜誌　第4卷　11、12期合刊　頁4-11　1944年12月

　　（1967年1月香港　龍門書店再版）

20. 「黑劉五體」（元劉庭信曲體）

　　越風半月刊　第11期　頁14　1936年4月

21. 楊龍友的《山水移》

　　子曰叢刊　第6期　頁27-28　1949年4月

22. 硃砂誌的作者余治（1809-1874）

　　文學　第5卷1期　頁216-284　1935年7月

（四）音樂

　1.中印古樂對比
　　　文風雜誌　第1卷2期　頁48-53　1944年1月

（五）序跋

　1.吳著《南北詞簡譜》後序
　　　文史雜誌　第4卷第11、12期合刊　頁62　1944年12月；香港
　　　龍門書店　1967年1月再版
　2.《天樂正音譜》跋
　　　上智編譯館館刊　第1期　頁12-20　1946年11月
　3.王徵《山居詠》跋
　　　上智編譯館館刊　第1期　頁12-21　1946年11月

待分類

　　楚巴鼓角
　　新西北　第2卷3、4期合刊　1939年月份不詳

附：後人研究論著目錄

（一）傳記資料

　1.盧冀野評傳　朱禧著
　　　南京市　江蘇古籍出版社　1994年11月

（二）散曲

1. 論《飲虹簃所刻曲》　羅錦堂
　　（1）大陸雜誌　第12卷8期　頁9-15　1956年4月30日
　　（2）大陸雜誌　第12卷9期　頁20-29　1956年5月15日
　　（3）大陸雜誌　第12卷10期　頁21-29　1956年5月31日
　大陸雜誌語文叢書　第1輯第5種　頁273-298　臺北市　大陸雜誌社1963年10月
　錦堂論曲　頁478-493　臺北市　聯經出版事業公司　1977年3月

附錄五
隋樹森著作目錄

一　自著專書

（一）論述

1. 國學要題簡答

　　上海市　元新書局　1934年（用筆名「方明」發表）

2. 張巡

　　重慶市　商務印書館　1940年

3. 常用字典、詞典和檢字法

　　北京市　北京出版社　1964年

4. 文學通論

　　上海市　元新書局　205頁　1934年11月；1936年2月重版（署名「隋育楠編著」）

5. 古詩十九首集釋

　　上海市　中華書局　121頁　1936年6月

　　北京市　中華書局　185頁　1955年新一版

　　香港　中華書局　138頁　1958年；1989年重印

　　臺北市　正中書局　138頁　1971年

　　香港　中華書局　125頁　1973年

　　香港　中華書局　134頁　1975年

　　臺北市　文馨出版社　138頁　1975年

6. 雍熙樂府曲文作者考

　北京市　書目文獻出版社　15，454頁　1985年9月

7. 元人散曲論叢

　濟南　齊魯書社　165頁　1986年11月

　（1）元人散曲概論　頁1-43

　（2）《全元散曲》自序　頁44-51

　（3）九卷本《陽春白雪》校訂後記　頁52-58

　（4）新校《樂府群玉》前言　頁59-64

　（5）元人散曲的幾次發現　頁65-71

　　　　　附：羅本明抄殘本《陽春白雪》中的新見套數表　頁72-73

　（6）關於元人散曲作者主名的一些問題　頁74-99

　（7）北曲小令與詞的分野　頁100-108

　（8）略談元人散曲的由北而南　頁109-120

　（9）馬致遠的〈天淨沙〉小令和〈夜行船〉套數　頁121-128

　（10）關漢卿散曲中的幾個問題　頁129-132

　（11）《雲莊樂府》校讀記　頁133-135

　（12）文湖州集詞　頁136-141

　（13）《張小山北曲聯樂府》書名臆解　頁142-143

　（14）曲家薛昂夫的新史料　頁144-145

　（15）現存元人所編四種散曲選本提要　頁146-154

　（16）散曲作法淺談　頁155-165

8. 巴渝小集

　重慶市　商務印書館　82頁　1946年3月（收散文13篇）

（二）編校

1. 古代散文選

北京市　人民教育出版社　上冊　401頁　1962年4月（隋樹森
參予選編，並統一整理定稿）

北京市　人民教育出版社　中冊　412頁　1963年7月（同上）

北京市　人民教育出版社　下冊　518頁　1980年12月（隋樹
森參予選編）

2. 全元散曲

北京市　中華書局　2冊　1326頁　1964年；1981年2版（有增
訂）；1986年3版（有再增訂）

台南市　粹文堂出版　平平出版社發行　2冊　1973年

臺北市　頂淵文化事業公司　2冊　2004年2月1日

3. 全元散曲簡編

上海市　上海古籍出版社　562頁　1982年；1984年；1995年

4. 元曲選外編

北京市　中華書局　3冊　1042頁　1959年9月；1961年第2刷

臺北市　宏業書局　1冊　1982年

5. 新校九卷本陽春白雪前集四卷，後集五卷　　（元）楊朝英選　隋
樹森校訂

北京市　中華書局　228頁　1957年11月；1987年4月第3次印刷

6. 九卷本陽春白雪校注　　（元）楊朝英編

臺北市　世界書局　208頁　1960年11月（《中國學術名著・曲
學叢書》第1集，第1冊，與《元九十五家小令類輯》合冊）

即根據隋樹森校訂《新校九卷本陽春白雪》翻印，更改書名
原書中有校訂者姓名多處，皆被刪去

7. 朝野新聲太平樂府　（元）楊朝英編選　隋樹森校訂
　　北京市　中華書局　404頁　1958年1月；1987年4月北京2刷

8. 梨園按試樂府新聲　（元）無名氏編　隋樹森校訂
　　北京市　中華書局　128頁　1958年1月；1987年4月北京3刷

9. 類聚名賢樂府群玉　（元）無名氏選輯　隋樹森校訂
　　上海市　上海古籍出版社　231頁　1982年10月

10. 元曲選臧懋循編　隋樹森校點
　　北京市　中華書局　4冊　1958年；1979年2版

11. 張鳳翼戲曲集　（明）張鳳翼撰　隋樹森、秦學人、侯作卿
　　校點
　　北京市　中華書局　427頁　圖版8頁　1994年

二　單篇論文

（一）學術思想

1. 墨子公輸
　語文建設　1965年11期

（二）語言文字

1. 成語和成語的使用
　語文學習講座叢書（一）　頁123-154　北京　商務印書館
　1980年8月
　語文大師如是說──字和詞　頁45-73　香港　商務印書館
　2006年7月

2. 常用字典詞典和檢字法

　　語文學習講座叢書（一）　北京　商務印書館　1980年8月

3. 再來一次國語運動

　　現代讀物　第4卷11期　頁12-15　1939年11月

4. 注音符號小史

　　現代讀物　第5卷6期　頁36-39　1940年6月

5. 文風筆談　隋樹森等撰

　　語文學習　1958年4期　頁2-7

（三）詩歌

1. 黃遵憲的民族詩

　　軍事與政治　第6卷2、3期合刊　頁68-73　1944年3月

（四）曲學概論

1. 中國戲曲觀念之轉變與戲曲學之進步

　　文史雜誌　第4卷11、12期合刊　頁1-3　1944年12月

2. 元代文學略說

　　文史知識　1985年3期　頁12-16　1985年

3. 《全元曲》的纂輯

　　大晚報　第2版　通俗文學周刊　第31期　1947年6月2日

4. 讀曲雜志

　　東方雜誌　第39卷4期　頁56-58　1943年4月

　　文史雜誌　第4卷11、12其合刊　頁41-46　1944年12月；香港

　　龍門書店影印本

5. 讀曲續志

　　東方雜誌　第39卷17期　頁53-55　1943年11月

6. 秋澗文集中的元代曲家史料

　　文藝復興（中國文學研究號上）　頁82-85　1948年9月

7. 嘉靖本舊編南九宮譜

　　文史雜誌　第6卷3期　頁46-54　1948年10月；香港　龍門書

　　店影印本　1967年1月

8. 蕭豪韻之學

　　申報　第7版　1948年4月24日

（五）散曲

1. 元人散曲概論

　　中華文史論叢　1982年2輯（總22輯）　頁1-35　1982年5月

　　元人散曲論叢　頁1-43　濟南　齊魯書社　1986年11月

2. 散曲作法淺談

　　原出處待查

　　元人散曲論叢　頁155-165　濟南市　齊魯書社　1986年11月

3. 從散曲的結構特色看怎樣欣賞散曲

　　文史知識　1985年9期　頁35-39　1985年9月

4. 略談元人散曲的由北而南

　　文獻　第20輯　頁36-45　北京市　書目文獻出版社　1985年

　　2月

　　元人散曲論叢　頁109-120　濟南市　齊魯書社　1986年11月

5. 北曲小令與詞的分野

　　中央日報（上海）　第7版　俗文學周刊　第52期　1948年1月

　　30日

　　元人散曲論叢　頁100-108　濟南市　齊魯書社　1986年11月

6.元人散曲的幾次新發現

　　文獻　　1980年2期　　頁107-112　　北京市　　書目文獻出版社

　　1980年7月

　　元人散曲論叢　　頁65-71　　濟南市　　齊魯書社　　1986年11月

7.關於元人散曲作者主名的一些問題

　　文學遺產增刊　　第9輯　　頁62-87　　1962年6月

　　元人散曲論叢　　頁74-99　　濟南市　　齊魯書社　　1986年11月

8.現存元人所編四種散曲選本提要

　　原出處待查

　　元人散曲論叢　　頁146-154　　濟南市　　齊魯書社　　1986年11月

9.九卷本《陽春白雪》校勘記

　　光明日報　　第3版　　文學遺產　　82期1955年12月4日

　　元人散曲論叢　　頁52-58　　濟南市　　齊魯書社　　1986年11月

10.《太平樂府》商角調套

　　大晚報　　第2版　　通俗文學周刊　　第56期　　1947年2月1日

11.《雍熙樂府》曲文作者考序言

　　北京市　　師範大學學報（社科版）　　1982年6期　　頁66-68轉頁

　　52　　1982年11月

　　文學遺產　　1983年4期　　頁95-97　　1983年12月25日

12.《雍熙樂府》曲文作者考後序

　　文學遺產　　1983年4期　　頁95-97　　1983年12月25日

13.《錄鬼簿》續編作者非賈仲明說

　　中央日報（上海）　　第7版　　俗文學周刊　　第32期　　1947年6月

　　13日

14.紀念元代偉大的戲劇家關漢卿

　　語文學習　　1958年6期　　頁10-12　　1958年6月19日

15. 關漢卿散曲中的幾個問題

光明日報　第6版　文學遺產　234期　1958年11月9日

元人散曲論叢　頁129-132　濟南市　齊魯書社　1986年11月

16. 讀曲雜記——關漢卿〈贈朱帘秀〉的套數

光明日報　第5版　文學遺產　第179期　1957年10月20日

關漢卿研究論文集　頁37-38　上海市　上海古典文學出版社
1958年5月

關漢卿研究論文集成　頁83-84　香港　潛文堂　1969年5月15日

17. 元曲作家馬致遠

東方雜誌　第42卷4期　頁58-61　1946年2月

18. 馬致遠的〈天淨沙〉小令和〈夜行船〉套數

語文學習　1957年7期　頁12-14　1957年7月19日

元人散曲論叢　頁121-128　濟南市　齊魯書社　1986年11月

19. 校讀《雲莊樂府》

中央日報（上海）　第7版　俗文學周刊　第69期　1948年6月
8日

20. 《雲莊樂府》校勘記

中央日報　第7版　俗文學周刊　第73期　1948年7月9日

元人散曲論叢　頁133-135　濟南市　齊魯書社　1986年11月

21. 校讀《小山散曲》雜記

華北日報（北平）　第6版　俗文學周刊　第52期　1948年6月
25日

22. 張小山《北曲聯樂府》書名臆解

中央日報（上海　）第7版　俗文學周刊　第77期　1948年8月
6日

元人散曲論叢　頁142-143　濟南市　齊魯書社　1986年11月

23. 文湖州集詞

中央日報（上海）　第7版　俗文學周刊　第86期　1948年10月26日

元人散曲論叢　頁136-142　濟南市　齊魯書社　1986年11月

24. 曲家薛昂夫的新史料

原出處待查

元人散曲論叢　頁144-145　濟南市　齊魯書社　1986年11月

25. 王磐的〈朝天子〉二首

語文學習　1957年2期　頁17-18　1957年2月

26. 盧摯的《八葫蘆》

大晚報　第2版　通俗文學周刊　第78期　1948年5月3日

27. 所謂夢簡的散套

中央日報　第7版　俗文學周刊　第64期　1948年4月23日

（六）戲曲

1. 什麼是諸宮調？

文史知識　1987年9期　頁120-123　1987年9月

2. 關於《天寶遺事》諸宮調的輯佚

中華文史論叢　第35輯　頁261-276　上海市　上海古籍出版社　1985年7月

3. 我怎樣整理《天寶遺事》諸宮調軼曲的

河北師院學報（哲社版）　1987年3期　頁40-45　1987年9月

4. 關於南戲《生死夫妻》

大晚報　第2版　通俗文學周刊　第35期　1947年6月30日

5. 關於南戲《子母冤家》

東方雜誌　第43卷16期　頁51-54　1947年10月

6.《玩燈時》是南戲名麼

　　大晚報　第2版　通俗文學周刊　第36期　1947年7月7日

7.趙輯《拜月亭》補遺

　　中央日報（上海）　第7版　俗文學周刊　第36期　1947年7月
　　18日

8.讀《新校元刊雜劇三十種》

　　文學遺產　1981年4期　頁145-147　1981年12月

9.關漢卿及其雜劇

　　東方雜誌　第42卷3期　頁51-60　1946年2月

10.《東墻記》與《西廂記》（附表）

　　文史雜誌　第2卷5、6期合刊　頁51-54　1942年6月

11.辨《十孝記》為沈璟作

　　中央日報（上海）　第7版　俗文學周刊　第37期　1948年8月
　　1日

12.南北合腔始於沈和辨

　　中央日報（上海）　第7版　俗文學周刊　第46期　1947年12
　　月12日

（七）文學批評

1.金聖嘆及其文學評論

　　（上）國聞周報　第9卷24期　頁1-8　1932年6月20日
　　（中）國聞周報　第9卷25期　頁1-8　1932年6月27日
　　（下）國聞周報　第9卷26期　頁1-5　1932年7月4日

（八）散文創作

1.一日過三峽

　　宇宙風　乙刊　第2期　頁64-66　1939年3月16日

2.懷念北平

現代讀物　第4卷5期　頁50-53　1939年5月

（九）傳記

1.隋樹森自傳

中國當代社會科學家　第4輯　頁270-278　北京　書目文獻出版社　1983年5月

2.記王桐齡先生

文獻　第18輯　頁167-172　北京　書目文獻出版社　1983年12月

3.我所知道的梁實秋先生

香港文學　第47期　頁7　1988年11月5日

三　翻譯

（一）專書

1.中國文學概說　（日）青木正兒著　隋樹森譯

上海市　開明書店　199頁　1938年11月；1947年3月再版（開明文史叢刊）

臺北市　臺灣開明書店　7，199頁　1954年5月初版

臺北市　臺灣開明書店　7，198頁　1982年2月臺6版

臺北市　盤庚出版社　199頁　1978年初版

臺北市　莊嚴出版社　212頁　1981年初版

重慶市　重慶出版社　182頁　1982年9月新1版

2.中國文學　（日）兒島獻吉郎著　隋樹森譯

上海市　世界書局　14，274頁　1931年2月初版；1932年12月3版（文化科學叢書）

上海市　世界書局　1943年新1版（書名改為《中國文學概論》）

臺北市　啟明書局　274頁　1958年1月（不著譯者，書名改為《中國文學概論》）

3. 中國文學概論　（日）兒島獻吉郎著　隋樹森譯

上海市　世界書局　204頁　1943年11月新1版（將1931年出版的《中國文學》改名而成）

4. 中國文藝思想　（日）竹田復著　隋樹森譯

貴陽市　文通書局　48頁　1944年3月（文藝叢刊）

香港　龍門書店　48頁　1965年6月

5. 釋迦生活　（日）高山樗牛著　隋樹森譯

上海市　世界書局　1931年

6. 毛詩楚辭考　（日）兒島獻吉郎著　隋樹森譯

上海市　商務印書館　115頁　1936年2月（國學小叢書）

7. 元曲概說　（日）鹽谷溫著　隋樹森譯

上海市　商務印書館　88頁　1947年11月；1958年修訂本

8. 元人雜劇序說　（日）青木正兒著　隋樹森譯　徐調孚校捕

上海市　開明書店　196頁　1941年7月

北京市　中國戲劇出版社　1957年7月修訂本（書名改為《元人雜劇概說》）

香港　建文書局　190頁　1959年3月

臺北市　長安出版社　198頁　1976年1月

臺北市　里仁書局　142頁　1984年9月（在《元曲研究》內）

9. 元人雜劇概說　（日）青木正兒著　隋樹森譯

北京市　中國戲劇出版社　172頁　1957年7月北京第1版（將1941年出版的《元人雜劇序說》改名而成）

（二）單篇論文

1. 宋代戲劇概說　鹽谷溫著　隋樹森譯
   時代精神　第3卷5期　頁85-88　1941年2月

2. 北曲之遺鄉　（日）青木正兒著　隋樹森譯
   文化先鋒　第6卷16期　頁10-13　1947年1月

3. 鹽谷溫《元曲概說》譯本序　隋樹森譯
   讀書通訊　第48期　頁14　1942年8月

4. 元人雜劇現存書目　（日）青木正兒著　隋樹森譯
   文學集林　第5期　頁39-60　1941年6月

5. 中國戲曲小說中的豐臣秀吉　（日）青木正兒著　隋樹森譯
   中央日報　第9版　1947年11月3日

6. 小說《西湖三塔》與《雷峰塔》（日）青木正兒著　隋樹森譯
   文史雜誌　第6卷1期　頁7-10　1948年3月

7. 詩賦繪畫與自然美之鑑賞　（日）青木正兒著　隋樹森譯
   文訊月刊　第7卷2期　頁3-6　1947年7月

附錄：後人研究論著條目

（一）傳記資料

1. 隋樹森傳　陳玉堂
   中國現代人物名號大辭典　頁855　杭州市　浙江古籍出版社
   1993年

2. 隋樹森傳　趙義山
   20世紀散曲研究綜論　頁274　上海市　上海古籍出版社
   2002年7月

3.隋樹森傳　關家錚

　二十世紀俗文學周刊總目　頁363-364　濟南市　齊魯書社
　2007年1月

（二）元曲研究綜論

1.隋樹森與元曲的校輯工作　何貴初

　讀者良友　1985年11月1日

2.隋樹森與元曲研究　何貴初

　東南大學學報（哲學社會科學版）　第5卷1期　頁108-110
　2003年1月

3.術業專攻嘉惠後學──隋樹森的元曲研究　王菊豔

　沙洲職業工學院學報　第6卷1期　2003年6月

4.今編總集型遼金元總集敘錄　劉達科

　晉圖學刊　2003年3期（總76期）　頁76-78　2003年

（三）著作評介

1.散曲補遺　陳加校輯

　文獻　1980年2期　1980年7月

2.全元散曲拾遺　盧潤祥

　晉陽學刊　1981年3期　頁80-81轉頁79

3.全元散曲拾遺　楊棟

　河北師院學報（社會科學版）　1992年3期

4.全元散曲芻議　謝伯陽

　河北師院學報（社會科學版）　1992年3期

5.全元散曲校議　李立成

　古漢語研究　1994年1期　頁40-44

6. 元人詞曲輯遺　桂栖鵬

　浙江師大學報（社會科學版）　1999年5期

7. 全元散曲續補　王鋼

　河北師院學報（社會科學版）　1995年3期　頁104-107

8. 全元散曲校釋補議　劉瑞明

　綿陽師專學報（哲學社會科學版）　第14年2期　1995年6月

9. 全元散曲曲牌訂補　徐沁君

　河北師院學報（社會科學版）　1989年1期

10. 從曲譜看全元散曲存在的若干校勘問題　李超

　莆田學院學報　第15卷3期　頁69-71　2008年6月

11. 青木正兒著、隋樹森譯《元人雜劇序說》　冀野

　圖書季刊　第3卷1期　頁41-42　1943年11月

附錄六
傅惜華著作目錄

一　專著

（一）自著

1. 元代雜劇作家傳略
   臺北市　文泉閣出版社　1972年
2. 曲藝論叢
   上海市　上雜出版社　142頁　1953年2月（中國戲曲理論叢書）
   上海市　上海文藝聯合出版社　201頁　1953年2月

（二）編輯

1. 古典戲曲聲樂論著叢編
   北京市　音樂出版社　1957年9月
   北京市　音樂出版社　323頁　1962年3月
2. 元代雜劇全目
   北京市　作家出版社　429頁　1957年12月（《中國古典戲曲總錄》之三）[1]
3. 明代雜劇全目
   北京市　作家出版社　328頁　1958年5月（《中國古典戲曲總錄》之四）[2]

1　臺灣世界書局翻印時，將書名改為《元雜劇考》，作者改名為「傅大興」。
2　臺灣世界書局翻印時，將書名改為《明雜劇考》，作者改名為「傅大興」。

4. 明代傳奇全目

北京市　人民文學出版社　580頁　1959年12月（《中國古典戲曲總錄》之五）

5. 清代雜劇全目

北京市　人民文學出版社　1981年2月（《中國古典戲曲總錄》之六）

6. 綴玉軒藏曲志

出版地和出版者待考　1934年

7. 十五貫戲曲資料彙編（與路工合編）

北京市　作家出版社　580頁　1957年12月

8. 白蛇傳集

上海市　上海出版公司　419頁　1955年5月（《民間文學資料叢書》之二）

上海市　中華書局　1959年6月

9. 水滸戲曲集　第一集（與杜穎陶合編）

上海市　古典文學出版社　247頁　圖版14頁　1957年9月

10. 水滸戲曲集　第二集

上海市　古典文學出版社　434頁　圖版16頁　1958年3月

北京市　中華書局　1962年1月

11. 西廂說唱集

上海市　上海出版公司　442頁　1955年9月（《民間文學資料叢書》之四）

上海市　古典文學出版社　1957年

北京市　中華書局　1958年

上海市　上海古籍出版社　1987年

12. 北京傳統曲藝總錄

上海市　中華書局　1008頁　1962年1月

13.寶卷總錄

　　北京市　巴黎大學北京漢學研究所　1951年

14.子弟書總目

　　上海市　上海文藝出版社　187頁　1954年6月

15.北平國劇學會圖書館書目

　　北平市　國劇學會　1935年

16.明代版畫書籍展覽會目錄

　　北京市　中法漢學研究所　168頁　圖版16頁　1944年7月

17.漢代畫像全集初編、二編

　　上海市　商務印書館　1950年

　　北京市　巴黎大學北京漢學研究所　1951年（巴黎大學北京漢
　　學研究所圖籍叢刊之一）

18.中國古典文學版畫選集

　　上海市　上海人民美術出版社　初編70頁　圖版200頁　二編
　　58頁　圖版200頁　1981年

19.國劇學會圖書館書目三卷

　　北平市　國劇學會　1935年4月

（三）選注、點校

1.宋元話本集（選注）

　　上海市　四聯出版社　332頁　1955年1月

2.龍圖耳錄（汪原放標點，傅惜華校）

　　上海市　上海古籍出版社　1981年

二　論文

1. 宋元南戲佚文寶藏

   東方文化月刊　第1卷5期　1938年

2. 荊釵記南戲的作者與版本問題

   戲劇論叢　第1輯　頁192-207　1957年2月27日

3. 《琵琶記》腳色之扮象

   大公報（天津）　劇壇　1935年6月26日-29日

4. 《幽閨‧拜月》演藝之研究

   晨報（北平）　國劇周刊　第80-86期　1936年4月30日-6月11
   日（署名「碧渠」）

5. 也是園所藏珍本元明雜劇之發現

   （1）朔風月刊　第2期　頁77-79　1938年12月

   （2）朔風月刊　第3期　頁122-124　1939年1月

6. 三國故事與元明清三代之雜劇

   （1）中國文藝　第1卷1期　頁9-16　1939年9月

   （2）中國文藝　第1卷2期　頁10-12　1939年10月

   （3）中國文藝　第1卷3期　頁24-29　1939年10月

7. 說戲目蓮

   國劇畫報　第2卷第13-15期　1933年4月13日-27日

8. 元代雜劇作家傳略

   （上）中國學報　第2卷1期　頁37-44　1944年9月25日

   （中）中國學報　第2卷2期　頁68-80　1944年10月25日

   （下）中國學報　第2卷3期　頁70-75　1944年11月25日

9. 元劇漫話

   益世報（北京）　戲劇特刊　第1期　1929年4月12日

10. 關漢卿雜劇源流略述

　　戲曲研究　1958年3期　頁103-120　1958年7月10日

11. 《西廂記》劇本考

　　坦途　第2期　1927年11月

12. 《西廂記》之〈佳期〉

　　國劇畫報　第1卷第5、6期　1932年2月19日、26日

13. 元吳昌齡《西游記》雜劇之研究

　　南金　第1號　1927年8月

14. 關於「偷桃」「青衫」「霞箋」三種傳奇

　　藝文雜誌　第2卷第6期　頁9-13　1944年6月

15. 梅花墅（許自昌別署）傳奇考

　　藝文雜誌　第2卷7、8期合刊　頁22-26　1944年8月

16. 平妖堂所藏明代善本戲曲

　　文史雜誌　第6卷1期　頁54-65　1948年3月；香港　龍門書店
　　影印本　1967年1月

17. 明代傳奇提要

　　國劇畫報　第2卷第18-30期　1933年5月18日-8月10日

18. 《遊園驚夢》之花神

　　大公報（天津）　劇壇　1935年1月5日-6日

19. 《遊園驚夢》花神考

　　彩纂紀念集　1942年6月6日（署名碧渠館主）

20. 《雷峰塔》傳奇舊本之發現

　　大公報（天津）　劇壇　1935年7月4日-18日

21. 《寶劍記》之《夜奔》

　　大公報（天津）　劇壇　1935年2月26日

22. 《紅梨記》訪重演藝文研究

　　大公報（天津）　劇壇　1935年3月3日-12日

23. 南府軼聞

　　國劇畫報　　第1卷第8-10期　　1932年3月11日-25日

24. 記乾隆鈔本《太平祥瑞》雜劇

　　大公報（天津）　劇壇　　1935年7月7日

25. 內廷除夕之承應戲

　　國劇畫報　　第1卷第4期　　1932年2月5日

26. 近五年來所獲之戲曲籍

　　（1）藝文雜誌　　第1卷第1期　　頁47-53　　1943年7月

　　（2）藝文雜誌　　第1卷第2期　　頁22-24　　1943年8月

　　（3）藝文雜誌　　第1卷第3期　　頁41-44　　1943年9月

27. 北大圖書館善本藏曲志

　　文學集刊　　第1卷　　頁202-212　　1943年9月

28. 日本現存中國善本之戲曲

　　（1）中國文藝　　第1卷第4期　　頁33-37　　1939年12月

　　（2）中國文藝　　第1卷第5期　　頁7-9　　1940年1月

　　（3）中國文藝　　第1卷第6期　　頁38-43　　1940年2月

29. 崑曲藝術漫談

　　金紫光主編《北方崑曲劇院建院紀念特刊》　　頁20-22　　1957
　　年6月22日

30. 北京曲藝概說

　　曲藝論叢　　頁171-198　　上海　　上海文藝聯合出版社　　1953年
　　2月

31. 明清兩代北方的俗曲總集

　　曲藝論叢　　頁120-132　　上海　　上海文藝聯合出版社　　1953年
　　2月

32. 乾隆時代之時調小曲

（1）藝文雜誌　第2卷1期　頁38-42　1944年1月

（2）藝文雜誌　第2卷2期　頁38-40　1944年2月

（3）藝文雜誌　第2卷3期　頁27-31　1944年3月

曲藝論叢　頁58-89　上海市　上海文藝聯合出版社　1953年2月

33. 繡荷包考－清代民間盛行之時調小曲

歌謠週刊　第3卷4期　1937年

曲藝論叢　頁90-94　上海市　上海文藝聯合出版社　1953年2月

34. 辨《番合釧鼓詞》非明人作

曲藝論叢　頁160-164　上海市　上海文藝聯合出版社　1953年2月

35. 《番合釧鼓詞》之集唱本名目

曲藝論叢　頁165-170　上海市　上海文藝聯合出版社　1953年2月

36. 子弟書考

朔風月刊　第5期　頁180-182　1939年3月

曲藝論叢　頁95-98　上海市　上海文藝聯合出版社　1953年2月

37. 子弟書總目

漢學圖書館刊　第2期　頁31-87　1946年10月

37. 明代戲曲與子弟書

曲藝論叢　頁120-132　上海市　上海文藝聯合出版社　1953年2月

38. 明代小說與子弟書

藝文雜誌　第2卷10期　頁20-26　1944年10月

曲藝論叢　頁99-119　上海市　上海文藝聯合出版社　1953年2月

39. 清代傳奇與子弟書

曲藝論叢　頁133-147　上海市　上海文藝聯合出版社　1953年2月

40. 聊齋志異與子弟書

曲藝論叢　頁148-159　上海市　上海文藝聯合出版社　1953年2月

41. 中國古代神話集

（1）藝文雜誌　第2卷4期　頁11-13　1944年4月

（2）藝文雜誌　第2卷5期　頁22-26　1944年5月

42. 六朝志怪小說之存佚

漢學　第1輯　頁169-210　1944年9月

43. 樵史演義之我見

逸經　第20期　頁27-29　1936年12月

44. 古本笑話之發見——「笑海叢珠」與「笑苑千金」

中國文藝　第2卷1期　頁40-41　1940年3月

文學研究叢書・戲曲研究叢刊 0808002

民國時期曲學文獻整理研究

作　　者	陳美雪
責任編輯	翁承佑
特約校稿	林秋芬

發 行 人	陳滿銘
總 經 理	梁錦興
總 編 輯	陳滿銘
副總編輯	張晏瑞
編 輯 所	萬卷樓圖書股份有限公司
排　　版	林曉敏
印　　刷	百通科技股份有限公司
封面設計	斐類設計工作室

發　　行　萬卷樓圖書股份有限公司
　　　　　臺北市羅斯福路二段 41 號 6 樓之 3
　　　　　電話 (02)23216565
　　　　　傳真 (02)23218698
　　　　　電郵 SERVICE@WANJUAN.COM.TW
大陸經銷　廈門外圖臺灣書店有限公司
　　　　　電郵 JKB188@188.COM
香港經銷　香港聯合書刊物流有限公司
　　　　　電話 (852)21502100
　　　　　傳真 (852)23560735

ISBN 978-986-478-117-1
2017 年 11 月初版一刷
定價：新臺幣 340 元

如何購買本書：

1. 劃撥購書，請透過以下郵政劃撥帳號：
　　帳號：15624015
　　戶名：萬卷樓圖書股份有限公司
2. 轉帳購書，請透過以下帳戶
　　合作金庫銀行 古亭分行
　　戶名：萬卷樓圖書股份有限公司
　　帳號：0877717092596
3. 網路購書，請透過萬卷樓網站
　　網址 WWW.WANJUAN.COM.TW

大量購書，請直接聯繫我們，將有專人為
您服務。客服：(02)23216565 分機 10

如有缺頁、破損或裝訂錯誤，請寄回更換
版權所有・翻印必究
Copyright©2017 by WanJuanLou Books CO., Ltd.
All Right Reserved　　　　　**Printed in Taiwan**

國家圖書館出版品預行編目資料

民國時期曲學文獻整理研究 / 陳美雪著. -- 初
版. -- 臺北市：萬卷樓, 2017.11
　　面；　公分
ISBN 978-986-478-117-1(平裝)

1.戲曲 2.圖書文獻學

824　　　　　　　　　　　　　106017735